黒落語

近藤五郎

目次

編集協力／細井謙一事務所

第一席

寿《じゅ》限《げ》無《む》

1

高座から楽屋に降りる短い階段が、大きな音を立てて軋《きし》んだ。

女の悲鳴のような音だ。

階段だけではなく、どこかを誰かが歩くたびに軋む音を立てるような小屋で、名代《なだい》の寄席ではない。

大阪の寄席といえば、法善寺《ほうぜんじ》南の金沢亭《かなざわてい》、それから同じく法善寺北の今嘉之席《いまがのせき》、別名紅梅亭《こうばいてい》が知られている。

琵琶湖から流れ出た水は、いくつかの川となって大阪湾に注ぐ。

淀川と並んで琵琶湖の出口となる安治川《あじがわ》沿いに『大黒亭』と呼ばれる小さな寄席があった。

わずかに川堤によって護《まも》られている地域だ。

あたり一帯は、安治川の川床より低い。

雨になると、寄席の下足場《げそくば》や楽屋口にまで水が入ってきそうになる小屋だ。

今は春先で細かな雨が降っている。

梅雨《つゆ》どきのように浸水を気にしなければならないような降りざまではないが、かわりに楽屋は少し寒い。

芸人たちがぶつくさ言うものだから、席亭はしぶしぶ火鉢を楽屋に入れた。

ただし炭を惜しんでいるので、火鉢の灰の中には蛍の尻のような橙色《だいだいいろ》が点《とも》っているだけだ。

明治の御代も早《は》や五年目（一八七二）になっている。

楽屋で火鉢を囲みながら松島あたりの女郎《おやま》の噂話に興じていた若い芸人たちは、そろって口をつぐんだ。

皆、高座から降りてきた男を黙ったまま見守っている。

男の後から追いかけてきた一番下《した》っ端《ぱ》の前座が、高座で脱ぎ捨てられた羽織をおどおどした様子で手渡す。

男は前座から羽織を黙って受け取ると、薄暗い楽屋の隅に陣取った。

柱に背をもたせかけた男の周囲だけ、いやに寒々とした空気が流れていた。

男はぞんざいに羽織を丸め、傍《かたわ》らに放り投げた。

元は黒羽色と覚《おぼ》しき羽織が、すっかりくたびれて羊羹色《ようかんいろ》になっている。

前座たちは誰も羽織を畳もうとはしない。

そのまま捨て置かれた古羽織は、まるで黒猫の死骸のようだ。

男は猫の死骸を脇に放っぽらかしたまま、きつい目つきで楽屋中をじろりと見回した。

若い芸人たちは何事もなかったかのように再び女郎の噂話に戻った。

楽屋の隅に陣取った男は、四十路《よそじ》に届こうかという年格好だ。

浅黒い顔に大きな血走った目玉が二つ、ぎょろりとおさまっている。

普通なら前座がすぐに「師匠、お疲れさまでございます」と茶の一杯も運んでくるところだが、男のそばには誰も寄りつこうとはしない。

この男に誰もかまわないには理由《わけ》があった。

男には履いてきた下駄を楽屋に持ち込む癖があった。

下駄を丁寧に手拭いでくるみ、片ときもそばから離さない。

あるとき気を利かせた前座が下駄を下足箱に入れようと手をかけたところ、男は目をむいて怒鳴《どな》りつけた。

「下足《げそ》に触《さわ》ンじゃねえ……打擲《うっちゃ》っといッくんな」

下駄の一件以来、前座たちは男にはなるべく寄りつかないようになっている。

男は江戸落語の名人三笑亭可楽《さんしょうていからく》の門下で、翁家朝馬《おきなやちょうば》といった。

御一新《ごいっしん》前は『大坂』と書かれたこの町も、世が変わるとともに『大阪』と文字を変えられた。

朝馬はつい最近、大阪に上《のぼ》ってきたばかりの江戸者だった。

去年（一八七一）の年の瀬、着の身着のままといった様子で、まるで転がり込むようにして上方にやってきた。

おおかた金が原因で江戸にいられなくなったのだろう、とは楽屋雀たちの噂だ。

大阪にやってきて三月ほど過ぎているのに、朝馬はいまだに楽屋になじんでいない。

むしろ、なじもうとしないというべきだろうか。

朝馬の目つきや態度には、どこか周囲を寄せつけようとしない冷たさや傲慢さが見て取れた。

談笑の輪からひときわ高く声が上がった。

「そやかて、こないに客が冷《ひ》やされてもうてはなァ……どもならんデ」

声の主は、意味ありげに亀のように首を伸ばした。

(誰か聞いている者はいないだろうか)という思い入れたっぷりに、きょろきょろと周囲を見回す。

輪の中からわっと笑い声が上がった。

先ほどまで高座をつとめてきた朝馬をくさしているのだ。

なるほど、朝馬の地味な話芸は大阪の客にはまったく受けない。

(ケッ……客も贅六《ぜいろく》なら、芸人も贅六だぜ……)

朝馬は心の中で吐き捨てた。

朝馬は汗ッかきだ。

おもむろに手拭いを広げて、顔中から吹き出てくる脂汗を拭く。

ついでに耳の後ろも手拭いでこする。

薄い木綿の手拭い越しに、朝馬への当てこすりを続けては忍び笑いする声が聞こえた。

朝馬が生まれた天保(一八三〇〜一八四四)の時分は、芸人たちにとって御難《ごなん》の連続だった。

老中水野越前守さまの御差配により、歌舞音曲《かぶおんぎょく》は厳しく取り締まられた。

御代が安政（一八五四〜一八六〇）に代わると、町の寄席もようやく息を吹き返し、江戸市中では、寄席は三九二軒を数える隆盛を見せた。大坂でも五、六十軒は下らなかっただろう。

徳川さま御瓦解《ごがかい》の騒ぎで、寄席の数はいったん急減したが、『明治』の御代になると、かつてない勢いを取り戻した。

大坂の客は、江戸っ子より貪欲に笑いを求める気質が強かった。

御一新を経ても、大阪人の気質は変わらない。

朝馬の後に高座に上がった芸人は、今売り出し中の若手の真打ちだ。

目の覚めるような真っ赤な羽織姿。江戸ではとてもの話ではないが、ありえない派手さだ。

若い芸人がまるで踊るように身体《からだ》をくねらせ、真っ赤な羽織の袖をぞべらぞべらと翻《ひるがえ》しながら高座に上がっていくだけで、大阪の客たちはどっと沸く。

「ケッ、面白くもねえ」

いっそ江戸に戻ろうかしらん……という思いが頭に浮かんだが、朝馬は首を振った。

「もう江戸なんて町は、ありゃしねえ……」

第一《でえいち》、あいつがいる限り、決して戻れやしねえ。

朝馬の胃の腑《ふ》から酸《す》っぱいものが込み上げてきた。

最近では、あいつのことを思い出すだけで胃の腑がきりきりと痛む。

おまけに首筋の汗が冷えたせいか、少し寒い。

が、他の芸人たちに交じって火鉢にあたろうという気などはさらさら起きない。

朝馬は、楽屋の中を忙しそうに駆け回っている前座たちに声をかけた。

「ちょイと、前座サンや」

前座たちは誰も返事をしない。

目先の用事で手一杯なのか、それとも朝馬を無視するつもりなのかは分からない。

下駄の一件からか、という思いが朝馬の頭をかすめる。

「ちょイと、こう……レコを熱くして、持ってきてくンねえかなァ……」

朝馬も意地になった。

聞こえないふりをしている前座たちに向けて、酒を銚子でお猪口に注ぐ真似をしてみせる。

「ケッ……どいつもこいつも、おいらに天井を見せやがって……」

ふと楽屋を見渡すと、前座に無視されて腹を立てている朝馬の様子を見て、袖で口元を隠して笑いを堪《こら》えている者もいる。

朝馬は傍《かたわ》らの羽織を引き寄せた。

くたびれた羽織を握る手に思わず力がこもった。

黒猫の死骸がブルブルと震える。

楽屋中を相手にひと暴れしてやろうか、と立ち上がりかけたとき、か細い声が聞こえた。

「へェ、師匠。何か御用で……」

2

朝馬の目の前に、可愛らしい男の子がちょこんとかしこまっていた。

妙に懐かしく温かい気持ちが腹の底から込み上げてくる。

(そういや、おいらも前座の頃はこんなだったなァ……)

朝馬は三十年以上も昔の自分を思い出していた。

東京が、まだ江戸と呼ばれていた頃――。

徳川さま御瓦解以前の思い出だ。

寄席の世界に入ったばかりの朝馬は六つだった。

目の前の男の子に向かって、朝馬は「いやなに、レコをこう、熱くして……」と命じかけて、やめた。

じっと朝馬の顔を覗き込むようにして注視している男の子は、いかにも生真面目そうだ。

楽屋で熱燗を煽《あお》るなど、江戸でも大阪でも大看板《おおかんばん》でもなければ許されない我がままだ。

目の前の男の子は、およそ目端《めはし》が利きそうには見えない。

楽屋内《うち》を上手《うま》く立ち回って銚子とお猪口を調達してくるなどという芸当ができそうには思えない。

「おめえは何かい、前座サンかい……あまり見かけねえ顔……といっても、おいらだって、つい先達《せんだ》って上方《こっち》に来たばかりなんだが」

男の子は、朝馬の顔を見つめる目をくるくると回しながら「へえ」とだけ答えた。

楽屋では、まだ朝馬への当てこすりが続いている。

どこかから「八幡《はちまん》の正三《しょうざ》師匠のお声がかりヤからなァ……」という、冷笑ともぼやきともつかない声が聞こえてきた。

三代目林家正三、別名『八幡の正三』師匠といえば、上方落語の大看板だ。

その正三師匠が、若い頃に江戸で朝馬の師匠三笑亭可楽の世話になったという縁で、「江戸の可楽師匠のお弟子の翁家朝馬はんや。案《あん》じょうしたってヤ、頼むデ」と声をかけてくれたのだ。

正三師匠のおかげだろう、朝馬には当初、出番として中入り前に高座をつとめる『中トリ』があてがわれていた。一番最後に高座をつとめる『トリ』に次ぐ重責だ。

だが、出番はしだいに浅くなっていった。

今では『二つ目』の次あたり。

前座に毛の生えたような扱いだ。

高座からは『中トリ』に上がった赤羽織の若手芸人の声が聞こえてくる。

噺《はなし》を聞きながら朝馬は心のうちではっきりと認めた。

(おいらより上手《うめ》えや)

朝馬は、どんな手段を使っても客の受けをとってみせよう、という見え透いた魂胆は反吐《へど》が出るほど嫌いだ。

しかし、赤羽織の噺は上手い。

朝馬は頭を左右に振った。

高座から聞こえてくる赤羽織の声から一刻も早く逃れたかった。

朝馬は目の前でかしこまっている前座の男の子に目をやった。

御一新以来、子供たちの髪型も変わった。

近頃では前座は皆、坊主頭と相場が決まっている。

しかし目の前の男の子の髪型は違った。

朝馬の子供の頃と同じように頭頂部を丸く剃り上げた『河童《かっぱ》』だった。まだ『江戸』という町が確実に存在していた時分の髪型だ。

「そういや、おいらも初めて高座に上がった頃は、まだ河童頭だったたっけ……」

朝馬は懐かしそうに思い返していた。

「おいらも初めて高座に上がったときは河童頭だったけど……あいつ……そう、小円太《こえんた》の奴の頭ァ、『唐子《からこ》』だったたっけ」

『唐子』とは、三カ所の髪の毛だけ縛って髷《まげ》に括《くく》った髪型だ。

可愛らしい唐子頭の小円太は、朝馬の前座仲間だった。

前座の修行が済むと小円太は、扇子と手拭いだけで高座に上がる素噺《すばなし》ではなく、道具や書割を用いる芝居噺の芸人として寄席に出るようになった。

一時は芝居噺の上手として名を馳《は》せていたが、今では素噺一本の看板で高座をつとめている。

唐突に朝馬の腹の底から勢いよく酸《す》い液が込み上げてきた。

酸い液に荒らされた喉がひりひりと痛む。

朝馬は慌てて液を呑み込んだ。

「あいつからは、どうやったって逃げられねえのか……」

まさか大阪の場末の寄席の楽屋で、小円太を思い出させられる羽目になるとは思わなかった。

小円太から逃れるために、わざわざ上方くんだりまでやってきたようなものなのに……。

河童頭の前座は、自分の髪型をしげしげと眺める朝馬を不審顔で見返してくる。

「何が珍しいの？」と言わんばかりに小首をかしげている。

高座では、赤羽織の怪談がかった噺の佳境だ。


真夜中――。

大阪の町を流れる横堀川《よこぼりがわ》の橋の上。

身投げをしようとしていた女を引き留めた男が、言葉の行き違いから逆に女を川の中に突き落としてしまう。

夜道を急ぎ帰る男の後を、じたじたじた……という気味の悪い足音が従《つ》いてくる。

突き落としたはずの女が追いかけてきていたのだ。

驚いた男は、通りがかった祠《ほこら》の賽銭箱《さいせんばこ》の背後に身を隠した。

男を見失った女は立ち止まり、キョロキョロと悔しそうに周囲を見回す。

そして女は賽銭箱に気づく。

すうっと賽銭箱に身を寄せた女は、背後に隠れている男を上からぬうっ、と覗き込む……。


朝馬は河童頭の前座に訊ねた。

「珍しい……上方にも怪談噺《かいだんばなし》があるのかい」

河童頭の前座はニコニコ顔のまま首を振った。

「怪談噺と違《ちゃ》います。これは『饅頭怖い《まんじゅうこわ》』でおます」

朝馬は驚いた。

江戸では『饅頭怖い』は前座噺《ぜんざばなし》で、怪談じみた場面など登場しない。

「『怖いモン』を順に言っていく中で、怪談らしいトコもあるんで」

上方では『饅頭怖い』は、真打ちの持ちネタにもなるという。

「だったら、上方の前座サンは、最初《はな》に何を教わるんだい」

河童頭の前座はニコニコ顔のまま「ヘエ、『東の旅』を習います」と答えた。

『東の旅』は江戸落語にはない。

上方独特の《旅の噺》の発端となる部分だ。

河童頭の前座は神妙な顔つきになって『東の旅』をしゃべり始めた。

「お早々《はやばや》からお運びでござりまして、ありがたきシアワセでございます。こうと上がりました私《わたくし》が初席一番叟《いちばんそう》で、お次が二番叟三番叟《にばんそうさんばそう》から四番叟《よばんそう》、御番僧《ごばんそう》にはお住持《じゅうじ》、旗に天蓋《てんがい》、銅鑼《どら》に鐃鈸《にゅうはち》、影灯籠《かげどうろう》に白張《しろはり》と、こない申しますと、こらまァ、葬礼《そうれん》のほうでござります。なんや上がるなり、葬礼のことを申し上げると、縁起の悪い奴やとお叱りもござりますやろが、これは決して縁起の悪いことやない、いたって縁起のええことを申し上げておりますので……」

河童頭の前座は生真面目そうにかしこまって上目遣《うわめづか》いに天井を睨みながら必死に口を回す。

朝馬は苦笑しながら「分かった、分かった」と止めた。

稽古よろしく河童頭の前座がいきなり大声で噺を始めるとは思いもよらなかった。

なぜか、楽屋に居合わせた者たちは皆、男の子の声が耳に入らないかのように頓着せずに無駄話を続けている。

男の子を黙らせた朝馬は、代わりに小声で教えた。

「東京《あっち》じゃ、前座が最初に習う噺は『寿限無《じゅげむ》』だなァ」

子供の誕生を喜ぶ父親が、よい名前を子供につけたいと願う。

挙げ句の果てにむやみに長い名前をつけられた子供が主人公の噺だ。

「だが、ところ変われば、品変わる。先《せん》だって聞いたんだが、上方では『寿限無』は長ったらしい名前が可笑《おか》しいだけの噺じゃねえンだってなァ……」

河童頭の前座は不思議そうな顔で朝馬を見据えている。

朝馬は前座に低い声で言い渡した。

「知らねえのかい。実は『寿限無』は、おっかねえ噺なんだぜ」

3

寿限無

「ああ、驚いた……いきなり足の下が、何《なあ》んにもなくなるんだもの……冷たいな……冷たいけど、面白いや。身体が水にフワフワ浮いてらあ……真上にお空が真ん丸になって見える……こうして釣瓶縄《つるべなわ》につかまっていれば安心だ……そのうち、ちゃんが助けに来てくれるに決まってらい……」

そこは、大人たちからは「行ってはいけない」と言われていた場所だった。けもの道からもはずれた草むらだ。

「行ってはいけない」と言われると、なおさら行ってみたくなるのが人の常。ましてや子供だ。

背丈を超すほどの草むらをかき分けて進んでいく。

地面は見えないが、近所の遊び仲間と一緒だから心強い。

前を行く仲間の背中を追いかけて草むらの中を泳いでいたが、ほんの一歩ほど横に踏み出したところに口を開けていた古井戸にはまってしまった。

かなり深い井戸の底に、泥のように淀んだ生臭い水が溜まっている。

井戸の底では朽ちかけた釣瓶縄だけが頼りだった。

山と山のあいだの、わずかに開けた土地に貼りつけられたような村。

城下までは峠をいくつも越えて、たっぷり二日はかかる。

ほとんど忘れ去られ、ひっそりと息を潜《ひそ》めて永らえているような村だった。

一本松の脇にはちゃんと名主さまの屋敷があり、村を出て山を少し上がったところには、なかなか立派な山門を構えたお寺もある。

村としての体裁は一応整っており、また村人たちによる世間というものもあった。

村人の大半は百姓だが、米作りに適した地味豊かな土地など少ない。

ほとんどの百姓たちは米の他、少しばかりの野菜や莨《たばこ》、楮《こうぞ》、紅花《べにばな》などを作っている。

子供の父親は百姓ではない。

車曳《ひ》きを生業《なりわい》にしていた。

村で百姓がこしらえた作物や、山で炭焼きが焼いた炭を積んだ車を曳《ひ》いて城下まで出かけてゆく。

重い車を曳いて二日の山道を行き来する辛《つら》い仕事だった。

「おいらは、ちゃんが大好きだ」

子供は釣瓶縄をつかんで水に浮いたまま、父親を思い浮かべた。

「村には車曳きが三《み》ツ人《たり》いるけど、ちゃんが一番力持ちだ。ちゃんは誰よりも余計に荷物を積んだ車を曳けるんだい」

車を曳いて城下に出かけていく父親を、子供はいつも村はずれのお地蔵さままで見送る。

父親は渋紙のような顔のこめかみに血の管《くだ》の筋をくっきりと浮き上がらせ、歯を食いしばって車を曳いてゆく。

そんな父親の姿は、子供の目にはこの世で一番頼もしいものに思われた。

「村の人たちは、ちゃんのことをうすのろ、とか言って馬鹿にするけど、うすのろなんかじゃないやい。

村一番の力持ちで、馬よりもたくさん荷物を積んだ車を曳いて峠を越えていくんだもの。

おいらがお地蔵さんのところまで見送りに行くと、『もういいから帰んな』と言って頬《ほお》ずりしてくれる。

くすぐったくて、おいらはいつもゲラゲラ笑っちまう。

………。

うわぁぁ、魂消《たまげ》たぁ！

蛙《かえる》かぁ……水の中から跳ねてきたので、何かと思ったよ。

井戸の中に、ずっと棲《す》んでるんだな。

外に出たいんだろうか。

蛙もおいらと同《おんな》じように釣瓶縄につかまってらあ……ああ、上手いもんだ。するすると釣瓶縄を伝って登っていく。

おいらも蛙みたいに、するすると登っていけたらなァ……。

おいらはちゃんの子供で本当によかったなァ。

ちゃんは、おいらのために立派な名前をつけてくれたんだ。

ちゃんは言ってたよ。

『おめえが生まれて、嬉しくて嬉しくて堪《たま》らねえから、誰にも負けねえ名前をつけてやろうと思ったんだ。ちゃんには学がねえから誰か学のある人におめえの名前をつけてもらおうと、ほうぼう頼んで回ったんだぞ』って」


村に一軒だけある寺子屋の師匠は、元は御城下でも名の通った学者らしかった。

殿さまに素読《そどく》の指南をして差し上げた経験もあるという噂だ。

なぜ辺鄙《へんぴ》な山間《やまあい》の村に腰を落ち着けているのかは誰も知らない。

生まれた子供の名前をつけてほしい、という車曳きの頼みに、師匠は「ううむっ……」と難しい顔をした。

せめてもの心づけのつもりだろうか、車曳きは泥のついたままの大根や人参、牛蒡《ごぼう》を盛った竹笊《たけざる》を前に置き、何度も何度も額を土間にこすりつけている。

師匠は目を細めて車曳きを見下ろした。

その目には侮蔑の色が浮かんでいる。

「名づけ親になるなど、拙者にはちと荷が勝ち過ぎるでな……」

唇の端をねじ曲げながら師匠は車曳きに言い渡した。

「名主どのに頼んだらよかろう」

師匠にそう言われた車曳きは、野菜の入った笊を抱えて名主のところに向かった。

冷たい土間の隅に小半時ほど待たされた後、名主がようやく姿を現した。

「何をしに来たのだ」

叱りつけんばかりの口調で名主は車曳きに訊ねた。

「へへぇ……」と車曳きは名主の詰問に恐れ入ったように素《す》っ頓狂《とんきょう》な声を上げる。

伸び放題の月代《さかやき》を名主に向けて平伏したまま用件を述べた。

「子供が生まれましたので……どうかよい名前をうちの倅《せがれ》につけてやってくだせえ……」

名主は車曳きの頼みに「フンッ」と鼻を鳴らした。

寺子屋の師匠と同じく目には侮蔑の色が濃く漂っている。

「おまえの、あの嬶《かか》が産んだ子の名前なぞ、誰が……」と言いさした名主は、急に顔を崩して
にんまりと笑った。

いい、い、
なにかを思いついた様子だ。

思いつきのあまりの面白さに笑いを堪《こら》えきれないようだ。

名主は「フッフッ」と声を上げて笑うと、車曳きに告げた。

「おまえの倅の名前ならば、そうじゃ、お寺の住職に頼んだらよかろう。あの住職なら必ずやおまえの倅によい名前をつけてくれるに違いなかろうて……」

名主は自分の思いつきをたいそう気に入ったようだ。

「そうじゃそうじゃ、あの住職がよかろう」と何度も念押しするかのように繰り返すと、最後に腹を揺すって「ハッハッハッハッハッハッ……」と大笑《たいしょう》した。

嘲《あざけ》りに満ちた笑いだった。

車曳きは名主の邪悪な意図にはまったく気づいていない。

土間に額を何度もこすりつけて礼を言うと、再び笊を抱え、今度は村はずれの寺へ向かった。

4

「ちゃんも大好きだけど、おいらは母《かあ》ちゃんも自慢だよ。

肌が白くって、柔らかくって、温《あった》かくて、それにいい匂いがする。

ちゃんの車曳き仲間のおじさんが言ってたよ。

『おめえの母ちゃんは、御城下のおじょろだった』って。

おじょろって何だいって訊《き》いたら、なんでも綺麗な女の人のことをおじょろっていうんだって。

ああ、嬉しいなァ……村で、おじょろの母ちゃんがいる子供は、おいらだけだ。

母ちゃんはお寺参りが大好きなんだ。

ちゃんが車を曳いて御城下に出ているあいだは、決まってお寺にお参りをするよ。

母ちゃんがお参りしているあいだ、おいらはお寺の庭で待っているんだけど、あすこの小僧はイヤな奴なんだ。

いつもおいらを竹箒《たけぼうき》で追いかけ回して邪険にしやがる。

『だいこくさまのお出ましだ』って、おいらを囃《はや》し立てて笑うけど、おいらには何が何だかさっぱり分からないや。

うわあ……うっかりしてたら、鼻で水を吸い込んじまった。

もうずいぶん長く経《た》つなァ……釣瓶縄にしがみついているけど、だんだん手に力が入らなくなってきたよ。

ちゃんの言うとおりだった。

村はずれの林の中には古井戸があるから近づいちゃならねえ。井戸にはまるぞって、さんざん言われてたんだけど。源ちゃんや、長松《ちょま》ちゃんたちが、あんまりしつこく誘うから……。ああ……ちゃんの言うとおりにしておけばよかった。

寒いよう……腕が痺《しび》れてきた……」

村に一つだけある寺の住職は、太い眉にぐりぐりの大きな目玉、がっしりと開いた鼻に分厚い唇の持ち主だ。

背丈も人並みすぐれ、六尺はあろうかという偉丈夫《いじょうふ》だ。

村人は誰もが住職の前に出ると気圧《けお》されて、自然に頭が下がってしまう。

住職はまだ日暮れ前なのに庫裏《くり》にどっかと御輿《みこし》を据え、般若湯《はんにゃとう》を呑《や》っている。

住職は酔いのためどんよりと濁った目で、土間に平伏している車曳きをギョロリと睨んだ。

「おまえの倅の名前をつけろ、というのか」

住職に太い声で質《ただ》されて、車曳きはいっそう恐れ入る。

「へへえ……」と裏返った声を上げて額を土間にこすりつける。

「愚僧はかつては越前の国、大本山の道場で修行を積んだ身であるぞ」

住職の一喝に車曳きは意味も分からぬまま、ただただ恐れ入るばかりだ。

改めて「へへえ……」を繰り返す。

住職は、鼠のように身を竦《すく》ませる車曳きの様子を面白そうに眺めながら、分厚い唇で杯の底を舐める。車曳きの前に置かれた野菜の笊をじろりと睨み、さも馬鹿にしたように口の端を歪《ゆが》めた。

「大事な倅の名づけの謝礼のつもりかのう……」

今度は車曳きにも住職の言葉の意味が分かった。

十分な謝礼もままならない貧しい身の上がうらめしい。

車曳きは土間にこすりつけていた顔を上げると、泥のついたままの大根や人参を愛《いと》おしそうに眺める。垢だらけの汚い顔に、目だけが潤んできらきらと光っている。

「しがない車曳きでごぜえますので……精一杯させていただいているつもりでごぜえます……」

「そんなことを言っておるのではない！」

住職は鋭い眼光を投げつけて、車曳きのくどくどした言い訳を叱り飛ばした。

「大事な倅の名前をつけるのに、何故《なにゆえ》産みの母御《ははご》が頼みに来ぬのじゃ」

車曳きは住職の叱責《しっせき》はもっともだと言わんばかりに「へへえ！」と一段と声を張り上げた。

ほとんど土間に這いつくばっている。

「か、嬶《なな》は……子を産んだばかりで、とても起きられるものではごぜえませんので……」

わなわなと声を震わせながら言い訳をする車曳きに、住職は鷹揚《おうよう》に大きく何度もうなずいた。

「なるほど、子を産んだばかりではのう……」

土間に平伏する車曳きを見下ろす住職の目には、勝ち誇った笑みが浮かんでいる。

住職は自《おの》ずと緩《ゆる》んでくる口元をぐっと引きしめると、車曳きに厳《おごそ》かに言い渡した。

「ならば産褥《さんじょく》が明けたら、必ず母御を寺に寄越すのじゃぞ。よいな、必ずじゃぞ」

「へへえ……」

再び頭を下げ続ける車曳きの後頭部を見下ろしたまま、住職は分厚い唇をぺろりと舐めた。

油のような唾液で濡れた住職の唇は、まるで熟れて弾けた木通《あけび》の果皮のように赤かった。

5

高座では、ようやく『饅頭怖い』が終わった。

江戸落語でなら短く済ませられる噺だが、上方では怪談仕立ての部分を含めて半時（約一時間）近くもかけて演《や》る。

中入りになった。

前座たちは忙しそうに楽屋中を駆け回り始める。

「おなか〜いりィ〜」と語尾を長く伸ばして呼ばわる前座たちの声とともに、客席のざわめきが楽屋まで伝わってきた。

楽屋口から微《かす》かな雨音《あまおと》が聞こえてくる。

往来のぬかるみを踏みしめて歩くにちゃ、にちゃ、にちゃ、という音もする。

朝馬は顔に吹きつける雨粒の感触を連想した。

大阪の雨は春雨でも油のような粘《ねば》り気を帯びている。

(大阪《こっち》ァ、呼吸《いき》をしていても詰まってかなわねえ……)

大阪の町には湾から海風が吹き込んでくる。

古くは難波潟《なにわがた》と呼ばれた入江だ。

大阪では、江戸のような空《から》っ風ではなく、顔にまとわりつくような重たく粘った風が吹く。

中入りのあいだの騒ぎは江戸も大阪も変わらない。

楽屋の喧騒はさらに激しくなっている。

先輩師匠の着物を畳む者もいれば、湯茶や煙草盆を持って急ぎ足で駆け抜ける者もいる。

楽屋番に当たっていない前座たちは、目の色を変えて我先にと客席に飛び出していく。

中入りは、前座たちにとって稼ぎどきだ。

前座にはむろん給金などない。師匠の家に寝起きさせてもらい、食事もあてがわれているうえに、ゆくゆくは商売道具となる落語を教えてもらっている身だ。給金など望むべくもない。

とはいえ、いくら前座の身分でも、多少の小遣いがなければやってはいけない。

中には、師匠や朋輩の目を盗んで内職に精を出す者もいた。

噺家の世界では、師匠の世話や寄席の手伝い以外の副業は固く禁じられている。金稼ぎをする暇があったら噺の一つも覚えろ、という理屈だ。

三笑亭可楽門下の朋輩で、元は芝居作者をしていた良介《りょうすけ》という男がいた。

良介は手先が器用だったので師匠に隠れて内職に手を染めていた。

良介がこっそりと始めた内職は、浅草の北に位置する今戸《いまど》名物、狐の土人形の顔描きだ。長屋に部屋を借り、ずっと閉じこもって狐人形の彩色を続けていたところ、近所の遊び人が良介に目をつけた。

良介が賭場を開帳していると思い込んだ遊び人が、師匠の可楽のところに乗り込んだので大騒ぎになった。

そんな前座に、一つだけ黙認されている小遣い稼ぎがあった。

それが、寄席の中入りでの『籤《くじ》売り』だ。

粗末な三方《さんぼう》に白紙を敷いた上に、金華糖細工《きんかとうざいく》の菓子を並べる。

中入りのあいだに客席を回り、「前座の小遣いになるんです……おうちの坊ちゃん、嬢ちゃんへのおみやげに、お菓子の籤はいかがでございますか」と売って歩く。

籤はほとんどが外れだが、たまに当たりを引き当てる客もいる。

「お客さま……当たりでございますよ……」

籤を当てられた前座は、上目遣いに客の顔をじいっと見つめる。

「どれでもお好きなお菓子をお持ち帰りなすって……お持ち帰りに……なりますか……お持ち帰りに……ならない、てえと、手前どもは大変助かるんですが……」

困り果てた様子の前座からすがるような声で訴えられて、菓子に手を伸ばす客はまずいない。

「そうか……だったら要《い》らねえやい」

「おありがとうござ〜い！」

「止《よ》しゃがれ……乞食じゃあるめえし」

永らく使い回されてきた金華糖細工の鯛は、鱗《うろこ》が磨り減って平らになっており、布袋《ほてい》さまの顔も、のっぺらぼうという始末だ。

金に困っている哀れな身の上の前座たちが、中入りに目の色を変えて客席で籤売りに飛び回る光景は、江戸も上方も同じだった。

しかし朝馬の前にかしこまっている河童頭の前座だけは、いっかな動こうともしない。

相変わらず笑顔をつくったまま朝馬の顔を見つめている。

(楽屋仕事をするでもねえ、籤売りにも励まねえ……こいつは、ただの痴《こけ》か……)

朝馬は心の中で呟《つぶや》いた。

中入りの最中に、一人の老人が姿を現した。

老人は朝馬から少し離れた火鉢の前にちょこんと腰を下ろした。

ゆったりとした動作で懐から手拭いを取り出すと、顔にかかった細かい雨粒を拭いている。

朝馬より三十歳以上も年長の噺家の古老だ。

年のせいで身体全体が縮んでいるように見える。

楽屋では畏敬の念を込めて「隠居」と呼ばれている人物で、生まれは享和《きようわ》年間(一八〇一〜〇四)だという。

隠居も若い時分に江戸で朝馬の師匠、三笑亭可楽の世話になったそうで、上方で後ろ盾のない朝馬の面倒をなにくれとなくみてくれていた。

大黒亭の楽屋で朝馬の話し相手をしてくれる唯一の人物だ。

朝馬が「師匠、おはようごぜえます」と挨拶すると、隠居は機嫌よさ気《げ》に顔を綻《ほころ》ばせて、うなずいた。

河童頭の前座は、隠居に挨拶するでもなく、立ち上がって世話をするでもない。相変わらず黙って朝馬の顔をじっと見ているだけだ。

江戸の楽屋ならすぐさま張り倒されているところだ。

しかし大黒亭の楽屋では誰も河童頭の前座に注意しない。

隠居も河童頭の前座など存在しないかのように平気な顔で他の前座が運んできた茶を旨そうに啜《すす》っている。

どうやら河童頭の前座は朝馬の噺の続きを待っているらしく、朝馬から目を離さない。

「師匠、『寿限無』って噺の続き、聞かせてくださいな」と訴えているかのようだ。

朝馬はしかたなく河童頭の前座に語りかける。

「『寿限無寿限無、五劫《ごこう》の擦《す》り切れ、海砂利水魚《かいじゃりすいぎょ》の水行末《すいぎょうまつ》 雲来末風来末《うんらいまつふうらいまつ》……』なんて、ドジな名前をつけやがって……無学な車曳きを嬲《なぶ》るにもホドってもんがあるぜ……とんでもねえクソ坊主だ」

車曳きは泣きそうな顔をしている。

住職が次々に繰り出す言葉が頭に納まりきれない。

聞くそばから耳の穴の外へポロポロと零《こぼ》れ落ちていくようだ。

「『日本一の名前をつけてくれ』と、たっての頼みじゃからな」

住職は、なかなか車曳きを離してくれない。

太い眉を逆立てて大きな目玉で車曳きを睨《にら》みつけながら、「おまえのほうから頼んだのだぞ」と念を押す。

車曳きは心の中で「たしかに日本一の名前、と頼みはしたが、当たり前の名前でいいのに……千代松とか、亀太郎とか……当たり前の名前で……」と抗《あらが》うが、住職の目力《めぢから》に圧《お》されるばかりだ。

「ハアア……ありがとうごぜえますだ……」と力なく平伏する。

住職は、杯では物足りなくなったのか、大きな湯呑《ゆのみ》で般若湯を呑《や》り始めた。

車曳きを見下ろしながら般若湯を口に流し込み、ぬらぬらと濡れた赤い唇を舌でぺろりと舐め回す。

住職の両目は熱を帯びたかのように赤く燃えている。

まるで体内に封じ込められていた情欲が、出口を求めて噴《ふ》き出そうとしているかのようだ。

「よいか……母御の産褥が明けたら、すぐ寺に参らせるのじゃぞ。愚僧が立派な名前をつけてしんぜたのじゃからな」

車曳きは念押しされ、もう何度目だか分からなくなった平伏をまた繰り返し、ただただ「へへェ〜」と恐れ入るばかりだった。

住職の燃える酔眼が宙を泳いでいる。完全に屈服した車曳きの向こうに女郎上がりの人妻の媚態を見ているかのようだった。

「名前は、まだまだ続くぞい……『食う寝るところに住むところ』とは、どうじゃ。人はなによりも『食う寝るところに住むところ』なくば、やっていかれぬからのう……ハッハッハッ……それから、そうじゃなァ……藪《やぶ》ら小路《こうじ》のぶら小路、パイポパイポ、パイポのシューリンガン、シューリンガンのグーリンダイ……」

さすがに車曳きも住職の意味不明な言葉の羅列には呆れ果てていた。

「なんじゃ、その目は。いずれもありがたいいわれがあるのじゃ。うん。ありがたいいわれがな……。その昔、天竺《てんじく》のパイポという国に、シューリンガンという王がおっての……あっ、そうそう、シューリンガンの息子がグーリンダイなのじゃ……」

「ブルルッ……鼻から水を吸い込んじまった……しっかりつかまってなきゃいけないのに、手に力が入らないよ……。

さっきまで、お空は真っ青だったけど、なんだか暗くなってきたなァ……長松《ちょま》ちゃんたちは、ちゃんと助けを呼びに行ってくれたかなァ……。

村では、みんなしておいらを虐《いじ》めるからなァ……鬼ごっこでも隠れん坊でも、いつも必ずおいらが鬼になるんだ。

みんなでおいらを囲んで、唇を上に捲《まく》り上げて母ちゃんの真似をして囃し立てるんだ。

母ちゃんが、おじょろで綺麗なものだから、きっと羨《うらや》ましいんだろなァ……」

村の子供たちが寄ってたかって囃し立てる仕草《しぐさ》は、母親の顔真似《かおまね》だった。女郎上がりの母親は、いかにも男好きのする顔立ちをしていた。いつも半開きになった口と大きな丸い目の持ち主だった。

村の子供たちは人差し指で上唇をにいっと持ち上げて見せた後、今度はそろって両手で瞼《まぶた》を開き、両目をまん丸に見開かせる。

囃し立てる声は大袈裟な仕草とともにいっそう大きくなり、最後は「わあ～っ」という歓声に変わる。

子供を取り囲んでいた輪は瞬時に解け、皆、四方八方に蜘蛛の子を散らしたように逃げていく。べそをかいた子供が、いつもただ一人ぽつんと取り残された。

「母ちゃんの目玉も、おいらの目玉も、でっかくてまん丸だ。それがどうして可笑《おか》しいのだろう……ちゃんが目が細い分、大《お》っきいだけなのに……」

頭上から何かが落ちてきた。
ポチャンと心細い水音が起きる。
先ほど水面から跳ね上がり釣瓶縄を登っていった蛙のようだ。
井戸から出る前に力尽きて落ちたのだろう。
知らず知らず手に力が入らなくなり、子供の身体はずるっと沈んだ。
同時に再び鼻に水が入ってきた。
冷たい水が今度は喉の奥まで流れ込んだ。
子供は釣瓶縄を握る手に必死で力を込める。
もうすぐ日暮れだろうか。
お寺の鐘がぼおんと鳴り、古井戸の中でわんわんと反響した。
釣瓶縄を握る指先から足の爪先《つまさき》まで、すっかり冷えきっている。
寒さのあまり歯の根も合わない。
上下の歯がカチカチとかち合う音が耳の奥まで響く。
唐突に子供はケラケラと笑い出した。
奥歯から直接、鼓膜に響く音が面白かったのだ。
「ああ、そうだ」

子供は、井戸を覗き込んで助けてくれる者がまだ現れない理由に思い至った。

「そういえば、ちゃんが言ってたっけ。おいらの名前を呼ぶときは、最初《はな》から終《しま》いまで、きっちり言わなくちゃいけないんだ。

せっかくの、ありがたい名前なんだから、って。お寺の坊さまからきつくそう言われたって……」

住職は車曳きに子供の名前を与えると、最後にもう一度、分厚い舌で唇の周りをぺろりと舐め回した。

「ああ、そうそう。愚僧がつけてしんぜた、ありがたい名前じゃからな……必ずや略してはならぬぞ。子供を呼ぶときは、略さずにすべて呼ばねば、愚僧の祈願も無になるでな」

住職は車曳きに厳《おごそ》かに言い渡すと、さも愉快そうにホッホッホッと声を上げて笑った。でっぷりと肥えた腹が、たぷたぷと波を打った。

車曳きは住職の言いつけを忠実に守った。

村の子供たちが遊びに誘いに来るときでも、長い名前の最後の部分だけをとって「長助ちゃん、やぁい……」などと呼ばわろうものなら血相を変えた。

細い目の端を釣り上げて激怒した。
「うちの倅の名前は、お寺の坊さまがつけてくだすった、ありがてえ名前だから、おろそかにしちゃなんねえ！」
かくして村の子供たちは、車曳きの住む粗末な小屋の前に横一列に並び、声を張り上げて子供の名前を呼んだ。
「寿限無　寿限無
五劫の擦り切れ
海砂利水魚の
水行末 雲来末 風来末
食う寝る処に住む処
藪ら柑子の藪柑子
パイポパイポ パイポのシューリンガン
シューリンガンのグーリンダイ
グーリンダイのポンポコピーのポンポコナーの
長久命の長助ちゃん、やあい」
野良《のら》に出ていた村人たちは、長い長い名前を呼ぶ子供たちの声が遠くに聞こえると、薄笑いを浮かべた顔を上げ、互いに目と目で合図し合う。

そして皆でそろって村はずれの寺の方角を見やると、侮蔑の交じった薄笑いが、さも可笑しそうな哄笑《こうしょう》に変わった。

「ハハハ……」

「フフフ……」

「へへへ……」

寒々とした村の乾いた空に、やや湿り気を帯びた下卑《げび》た笑いだけが行き交った。

6

朝馬は、目の前にかしこまっている河童頭の前座に向かって言った。

「江戸の『寿限無』は、たわいもねえサゲだ。長え名前《なげ》をつけられた子供が乱暴で、友達にたんこぶをこさえる。

泣いた友達が親に訴える。

『誰にやられたんだい』と親が訊ねると、子供は泣きながら『寿限無寿限無……』と長え名前を言っているうちに瘤が引っ込んだ……ってぇ、くだらねえ噺だ。

しかし上方では、ずいぶんなサゲなんだねえ……子供が井戸に落ちて死んじまう、っていう噺じゃねえか。

名前が長いんで、助けを呼んでいるうちに溺れちまうんだな……酷《ひで》え噺だ」

河童頭の前座は、どう答えてよいものやら分からないかのように、もじもじと尻を動かした挙げ句、頼りなさ気《げ》な声で朝馬に答えた。

「さいデンなァ……名前のせいで死ぬとは、気の毒でおます。本人のせいではおまへんからなァ……」

河童頭の前座が口を開いたとたん、朝馬はブルッと身を震わせた。

冷えきった春雨のせいではない。

まるで背後から水をかけられたかのようなきついい冷気が、頭の後ろから背中を伝わった。

慌てて首の後ろに手を回す。

着物の上から襟足を探りながら朝馬は呟いた。

「こ……こいつめ……小円太みてえな口を利きやがる……」

御一新の前、まだ東京が江戸と呼ばれていた頃――。

小円太は、朝馬の前座仲間で、髪型は河童頭ではなく唐子頭だった。

前座仲間の中でも、小円太はひときわ異彩を放っていた。

どんな噺でも、登場人物の一人ひとり、場面設定の一つひとつを微に入り細に入り検討し尽くさねば気が済まない。

どんな噺でも骨組みまであからさまに暴《あば》いてみせる。

いったん骨組みを暴いてみせてから、再び重厚に肉づけする。

手垢がついたと思われていた噺が、小円太の手にかかると、目も眩《くら》むような新しい世界に生まれ変わるのだった。

朝馬がそんなことを思い出したとたん、目の前にちょこんとかしこまって座っている河童頭の前座に、可愛らしい唐子頭の小円太の姿が重なった。

それは江戸……いや今では東京と名を変えた東都の寄席を席巻《せっけん》している男の、前座時分の姿だった。

鳩尾《みぞおち》のあたりから、また酸っぱいものが込み上げてきた。

今度は鋭く差し込むような痛みも一緒だった。

朝馬は痛みをぐっと堪《こら》えて、喉元に上がってきた酸い液を呑み込んだ。

我が意に反して忌々《いまいま》しい男を思い出してしまった不快さに、朝馬は顔を顰《しか》める。

「だが、あいつならきっと……」

長い名前をつけられた子供が死んでしまうという上方流の『寿限無』を聞いたなら、まったく別な世界を組み立ててみせるに違いない。

酸い液が再び鳩尾《みぞおち》から逆流する。

差し込む痛みもそのままだ。

目の前に控えている河童頭の前座は、律儀《りちぎ》そうな目でじっと朝馬を見つめている。

朝馬の、いや、あいつの『寿限無』の続きを待ちわびているかのようだった。

7

「あ〜あ……おいらは生まれてこなかったほうが、よかったのかなァ……」

子供は鼻から入った水に激しく噎《むせ》た。

釣瓶縄を握る手にいくら力を入れようとしても、身体がしだいに沈んでいく。

子供は顔を水面からわずかに浮かせて「ゴボッ、ゴボッ」と二度三度、水を吐き出した。

ふと子供の頭の中に懐かしい光景が甦《よみがえ》る。

「いつだったか、お祭りのとき、ちゃんに飴玉を買ってもらったなァ……」

刈り入れを終えたばかりの田圃《たんぼ》に、ほんの少し冷気を帯びた秋風が吹き抜けていた。

干した藁《わら》の匂いが混じった、気持ちのいい風を思い出す。

泣きそうになるくらい懐かしい。

「飴玉は甘露《かんろ》に梅、肉桂《にっき》に胡麻《ごま》入り……おいらは、どれにしようか決められないで、ちゃんに叱られたっけ」

楽しい村祭りの思い出に母親の姿は登場しない。

「母ちゃんも一緒だったら余計に嬉しかったんだけど……母ちゃんは『人がおおぜいのところに出ると、頭が痛くなってねえ』って言って、ちゃんやおいらとは決して一緒に出かけようとはしなかったな……。

一緒に出かけたら楽しかったのに……かわいそうな母ちゃんだ……」

古井戸の水は容赦なく子供の鼻を浸《ひた》していく。

鼻腔の奥が鋭くつんと痛む。

顔半分が水に浸かった子供は、苦しそうに口からぷうっと息を吐いた。

「長松《ちょま》ちゃんたちは、きっと今頃、ちゃんに知らせてるよ。おいらが井戸に落っこちまったって……」

大声で呼ばれて小屋から出てきた車曳きは、喚《わめ》き立てている子供たちを怪訝《けげん》そうに見渡した。
車曳きの背後から女郎上がりの嬶も心配そうな顔を覗かせる。
「あのね、あのね、大変なんだ！」
気が動転している子供たちは口々に車曳きに訴えるが、要領を得ない。
苛立った車曳きが叱責すると、ようやく年かさの子供が説明を始めた。
もちろん子供の名前は最初《はな》から終《しま》いまで正確に告げねばならない。
なにしろお寺の坊さまがつけてくださった、ありがたい名前だ。
短く略そうものなら父親の車曳きから剣突《けんつく》をくらう。
「あのね……寿限無寿限無、五劫の擦り切れ……。
寿限無　寿限無
五劫の擦り切れ
海砂利水魚の
水行末 雲来末 風来末
食う寝る処に住む処
藪ら柑子の藪柑子

パイポパイポ パイポのシューリンガン
シューリンガンのグーリンダイ
グーリンダイのポンポコピーのポンポコナーの
長久命の長助ちゃんが
井戸に落っこちたァァァァァァッ！」
車曳きは唇をわなわなと震わせるや、半狂乱になって子供たちを突き飛ばして駆け出していった。

「ちゃん……おいらは……」

子供の手は釣瓶縄を握ったまま、ずるずると力なく滑り落ちていった。

「当たり前の名前がよかったなァ……ただの長助でよかったなァ……」

子供は「だだぶ、だぶだぶ」と最期の息の音《ね》を残して古井戸の底に沈んでいった。


朝馬が話し終えて我に返ると、河童頭の前座の姿はなかった。

中入りもそろそろ終わる。

楽屋口も閉められ、雨音やぬかるみを踏む音もぴたりと聞こえなくなっていた。

楽屋は再び生ぬるく澱《よど》み始めた。

客席に籤を売りに行った前座連中も戻ってきて、楽屋はごった返している。

色物の百面相《ひゃくめんそう》が高座の脇で出を待っている。

おおかた河童頭の前座も誰かに用事を言いつけられたのだろう。

朝馬は何者かから解放されたような気がして、ふうっ、と大きく息をついた。

粘っこい脂汗が額で粒になっている。

楽屋の向こうに固まって馬鹿話をしていた若い芸人たちの一人が朝馬に声をかけた。

「朝馬サン、今、お江戸……否《いん》や、東京で、エラい売り出し中の噺家がいるゆうて、たいそう評判らしいデんな」

朝馬は芸人たちに目を向けた。

また鳩尾《みぞおち》から強烈な痛みとともに酸い液が込み上げてくる。

隠居も興味深そうな顔で重ねるように朝馬に質《ただ》す。

「以前《せん》は道具を使う芝居噺を演《や》ってハッたいいますが、その後、素噺《すばなし》に転向された師匠とか……こうつと、何とゆう師匠でしたかいなァ……」

朝馬は楽屋中の視線を感じた。

百面相の出の合図に三味線の陽気な囃子《はやし》が鳴り始める。

にぎやかな寄席の世界の再開を告げる囃子だった。

朝馬は「小円太……」と、ぽつりと呟いた。

(いや、小円太じゃやねえ。あいつは今は別の名で出てやがる)

朝馬が楽屋に持ち込んで誰にも触れさせせない下駄には、左右にあいつの名が刻んであった。

朝馬は常日頃、あいつの名を踏みつけながら歩いていたのだ。

「エッ、何だす……何て言わはったン……」

誰かが張り上げた声に朝馬は顔を上げた。

楽屋中が朝馬の口から出る名を待ち構えているように思えた。

朝馬は覚悟を決めた。

深く息を吸い込むと、低く抑えた声であいつの名を告げた。

「円朝……三遊亭円朝《さんゆうていえんちょう》」

第二席

五《ご》人《にん》廻《まわ》し

1

梅雨に入った。

楽屋口の戸はわずかに開けられている。

往来から行き交う人たちの話し声や物音が入ってくる。

大黒亭のある土地は、あまり人気《じんき》のいいところではない。

酔っ払いがわめく声や喧嘩をしている者たちの怒声が高座まで届くときがあるが、梅雨どきに楽屋口を閉めきってしまうと、とてもの話ではないが蒸してしまって耐えられない。

細く開けられた楽屋口から流れ込む温《ぬる》く重たい風に混じって、近所の食卓に上る『半助』を炊く匂いが漂ってくる。

上方では鰻や穴子の頭を『半助』と呼ぶ。

朝馬も寄席の帰りに角の魚屋で売っている半助を買って寝酒の肴にする。

竹の皮で包んだ半助を藁《わら》で十文字に括って提げて帰る。

八百屋で山椒の葉を二、三枚分けてもらい、甘辛く煮た半助と合わせる。

大阪で覚えた楽しみだった。

薄暗い楽屋の中は相も変わらず女郎《おやま》の噂話で盛り上がっている。

いつもどおり話の輪の中心は竹之助という万年中座《なかざ》だ。

中座とは、上方の寄席の位《くらい》で、江戸では前座の次の二つ目にあたる。

朝馬より十歳ほど下というから、もう三十は越えているだろう。

でっぷりと肥えた身体をよれよれの着物に包んで寄席に出勤してくる。

着物のところどころには、何の染《し》みか分からない汚れが飛び散っている。

梅雨の最中《さなか》なのに、ろくに風呂にも入らないようで、竹之助の周囲一間四方に近づくとぷ、うんといやな臭いがする。

他に行くところもないのか、出番がなくても必ず楽屋には顔を出す。

予定の芸人に故障があって穴が空きそうなときには「ワイにまかしといてェな」と代演を買って出て、わずかばかりの給金《ワリ》をせしめていく。

高座ぶりも外見同様、極めてだらしがない。

たいていは下《しも》がかった小話《こばなし》でお茶を濁して高座を降りる。

朝馬が一度だけ聞いた竹之助の噺は、『故郷に錦』。

母親が実の息子に懸想《けそう》して同衾《どうきん》を果たそうとする破礼《ばれ》噺だ。

年増、どころか、もう孫がいても不思議ではない年齢の女が、息子への肉欲を切々と訴える様《さま》がいやに生々しかった。

決して後味のいい芸ではない。

聞いているうちに、口の中が粘ついてくる。

朝馬は（こいつァ、万年二つ目だ……真を打つがらじゃねえ……）と心の中で呟《つぶや》いた。

竹之助は芸にやかましい師匠連の受けも非常に悪い。

上方落語界に君臨する大看板、藤兵衛《とうべえ》の師匠こと桂文枝《かつらぶんし》などは「ワテが居《お》るときには、あいつを高座に上げンといてヤ」と名指ししたという噂もある。

朝馬が出入りする大黒亭は藤兵衛の師匠のような大看板が出演するほどの格ではない。

大黒亭の楽屋では、竹之助は大威張りでいつも座の真ん中を占めている。

若手芸人たちは、番付が上の真打ちでも、かえって竹之助に気を遣《つか》っている始末だ。

竹之助は垢が浮いて見える胸元に手を突っ込み、黒糸が絡まったような濃い胸毛を覗かせながらボリボリと音を立てて掻《か》いている。

「ゆんべは松島《まつしま》に登楼《あが》ったんヤけど、銭を払わんと逃げてきたった。アハハ……ヤリ得《どく》や……しかも、三発」

耳障りな声を張り上げて女郎買いの自慢をしている。

退屈しのぎに話の輪に交じっている真打ち連は「また『食い逃げ』自慢かいナ……」とつ

まらなそうな顔をしている。

一方で若い中座や前座たちは、古参の竹之助へのお追従《ついしょう》のつもりか、手を打って笑いころげている。

「東京《そっち》では『廻《まわ》し』ゆうんがあるそうデんなァ」

竹之助が朝馬に声をかける。

朝馬はこめかみのピクつきを抑えられなかった。

東京の寄席の楽屋だったら、ただではおかないところだ。

「馬鹿野郎！　二つ目のぞろっぺいのくせに、真打ちのおいらにものを言うたあ何のことだ。てめえとおいらとじゃ貫録が違いすぎだ。米の飯が頭頂《てっぺん》に上がりやがったか。まごまごしてやがると蹴《け》殺すぞ！」とでも一喝するのだが……。

心の中での啖呵《たんか》はまだ続く。

(小円太……いや……円朝なんざ、今は威張ってやがるが、以前《まえ》はおいらの舎弟《しゃてい》みてえなものだったんでい！)

『円朝』の名が口をついて出そうになる。

鳩尾《みぞおち》のあたりに微かな痛みが疼《うず》き始める。

朝馬は返事する代わりに「落ちぶれたかぁ、ねえもんだ……」と呟いた。

楽屋には他の真打ち連中もいる。

朝馬を客分として迎え入れるよう口を利いてくれた八幡の正三師匠の顔もある。

つまらない騒ぎなど起こしてはならない。

朝馬は暴れる代わりにそっけなく「ああ」とだけ応じた。

上方の遊郭では、女郎は買い切りだ。客が妓楼《みせ》を出るまで相手をする。

江戸、東京では事情が異なる。

吉原の女郎は『廻し』を取った。

ひと晩に何人もの客の相手をする。

竹之助は、朝馬の返事に我が意を得たりとばかりはしゃぎ始めた。

「お江戸の方《かた》の了見《りょうけん》が分っからんもんデンなァ……せっかく高《た》ッかい銭出して買《こ》うた姫が、よその客ンとこへ行《い》てしもうてもかまわんゆうンですさかいに……」

竹之助は目尻をひときわ下げると、ねちっこい声を作った。

「せやけど、前の客が出したモンが残っているとこに、我がモノを突っ込む……ゆうンも、なかなか味な気ィもしますけど……江戸の師匠、どないだす」

竹之助の口調は高座と同様、胸の悪くなるほど下卑《げび》ている。

楽屋に居合わせた他の噺家の目にも、さすがに無礼が過ぎると映ったのだろう。

コホンと空咳《からぜき》をして話の輪から抜け出したり、慌てて煙管《きせる》を取り出してひねり回したり、なんとか場をやりすごそうとしている。

中には「竹ヤン、エエ加減にしとき」と小声で叱る者もいた。

座の空気は朝馬と竹之助から離れかかったが……。

(五月蠅《うるせ》え野郎だ。ここいらで締めとかねえと、なあ)

朝馬は覚悟を決めると、平気な顔で答えた。

「なあに、タレん中にロセンを入れたとたんに『冷てえ』ってえ経験《こと》はよくある話サ」

今度は竹之助が毒気を抜かれたようになった。

だらしなく緩《ゆる》んでいた竹之助の顔が、みるみるうちに引き締まっていく。

万年中座の勘が働いたのだろう。

落ちぶれているとはいえ、朝馬は江戸東京では真打だ。調子に乗って畳みかけようものなら、しまいにはとんだ結末が待っていると悟ったようだ。

竹之助は気味の悪そうな目つきで朝馬に軽く頭を下げると、大きな身体を縮こませた。

『危うきに近よらず』といった体で話の輪は自然に解ける。

朝馬はかまわずに、さらに『廻し』について話し続けた。

「『タレ』だの『ロセン』だの、おまえさん、分かるかい」

朝馬の相手は、竹之助や楽屋で燻《くす》ぶっている芸人たちではない。

朝馬の前には、いつのまに現れたのか、いつぞや『寿限無』について話して聞かせた前座がかしこまっている。相変わらず御一新以前《まえ》の子供のように、頭のてっぺんだけを剃った河童頭にしている。着物も朝馬が子供の頃に着ていた葡萄茶《えびちゃ》と白の市松格子模様だ。

河童頭の前座は、微かに頬っぺたを赤く染め、曖昧な笑みを浮かべて少し首をひねった。

「『タレ』は『女』。『ロセン』は男のナニの符丁《ふちょう》だよ」

河童頭の前座は顔を赤くしたまま今度はうなずいた。

ふと朝馬の胸に（この子は女を知っているのだろうか）という疑問が過《よ》ぎる。

（おいらや小円太なら、間違いなく女郎買いに行っていた年頃だが……）

朝馬はどうやら初心《うぶ》らしい河童頭の前座をからかう気分になった。

「廻しを取った女郎《おんな》は、前の客の出した精を井戸端で洗い流して来るンだヨ……戻ってきた女郎の中にまだ水の滴《しずく》が残ってやがって……『ひゃっ』ってな声が出ちまうくらいロセンが冷《つめ》てえんだ」

河童頭の前座が朝馬をまっすぐに見たまま、思慮深そうな声でぽつりと漏らした。

「お女郎さんも、辛いこってございますなァ……」

2

五人廻し

「ああ、いやだいやだ……あっちで呼ぶ声がするよ。
あたしゃ、利助の声を聞くと、なぜだか無性に腹が立ってくるんだよ。
えっ、何だい……。
『あちらで勝《か》ツつァンが、お待ちで……』ってかい……。
誰だい、勝《かつ》って……。
ああ、桶屋の勝公《かっこう》かい。
いいんだよ、待たせときゃ。
『ずいぶんと焦《じ》れておいでで』って、知らないよ、あたしゃ。
『客が焦れた』なんてことまで、いちいち聞かされちゃ、こっちは堪《たま》んないよ。
客の文句をあいだに入って上手《じょうず》に取り持つ役目が若い衆《し》じゃないか。
しっかりしておくれよ。

フン。

あの利助も元は武家だっていうけど、本当かねぇ……。

酔っぱらうと、『神君家康公《しんくんいえやすこう》以来の譜代《ふだい》の旗本で、屋敷ァ麹町《こうじまち》にあって……』って威張ったかと思うと、すぐに泣き出すけどサ。

もう四十歳《しじゅう》に手が届こうってのに、来る日も来る日もこんな遊郭《とこ》で、女郎が客と寝る布団の上げ下げをしてやがる。

ま、私だって利助とたいして変わらないけどねェ。

分かってる、聞こえてるってんだよ。

じきに行くってば。

行くけど、痛くって痛くって、まともに歩けやしない。

今日はとんだ厄日サ。

口開けの客が例の木挽町《こびきちょう》の役者なんだから。

ああ……観音さまがひりつくよう……。

さんざ指でくじりやがって……。

指人形もたいがいにしたもんだ。

耳元で『入口で医者と親子が待っている』とは、どうじゃ」と、気味《きび》の悪い声で囁《ささや》くから、何のことかと思や……。

こちとらの観音さまに指を二本、入れやがって、あと残ってる指は、薬指と親指、小指……。

「『医者と親子』の見立てだ。面白かろう」って、頭がおかしいに違えねえよ。

おまけに、いつまでも気をやろうとしねえ。

尻の穴までせせったり乳の下からこう……首筋まで何度も何度もしつこく舐め上げるから……ああいやだ。こっちの身が保《も》ちやしねえや……」

女郎屋の廊下は年中ひんやりと冷たい。

おまけに、じっとりとした湿り気を帯びている。

客と女郎の身体から滲《し》み出る汗やら脂やら涙やらが蟠《わだかま》ってでもいるかのようだ。

芸者と違って女郎には足袋《たび》は許されない。

歩みにしたがって廊下の木板の軋《きし》む音と、じとじとと粘りつくような音とが交じって響く。

客足が止まる大引《おおび》けには、まだ間がある。

心待ちにしている客が来たかどうかは分からない。

焦れる客を宥《なだ》めていた若い衆の利助が、廊下の奥から手招きしている。

「花魁《おいらん》、頼みますよ」

利助は鼻にかかった泣き声で花魁の喜瀬川に訴える。

いつも喜瀬川は利助の泣き言を聞くと、いっそう意固地《いこじ》な気分になる。

「勝ッつァンって、神田の桶職人の勝だろ。待たせるだけ待たせときゃいいって、そう言っただろ」

「花魁、そいつぁいけねえや。罪になる」

利助の泣きは、さらに募る。

「花魁がほうぼうで『あたしゃ、勝ッつァンに惚れてんのサ。うちの勝ッつァン、うち勝ッつァンだよ……』なんて言い触らすもんだから、すっかりその気になっちまってるんでサ」

「フン、女郎の惚気《のろけ》を真に受けやがって。江戸っ子だってえが、野暮だねぇ。すっかり間夫《まぶ》気取りかい」

喜瀬川はそう言い放つと、利助から目を離し、遠い暗闇を見やりながら口ずさんだ。

「間夫ぅは、勤めのぉ憂さ晴らしぃ……」

喜瀬川の胸に一人の男の顔が浮かんだ。

今夜あたり登楼《あが》るはずだが、まだ姿を見せていない。

まだ女を知らないらしい河童頭の前座は、生真面目な顔つきで朝馬の語る『五人廻し』の世界に聞き入っている。

朝馬は目の前の茶を呑み、ひと息入れた。

相変わらず楽屋口からは半助を炊く甘辛い匂いが流れ込んでくる。

梅雨の温気《うんき》のせいか、少し生臭さが混じった匂いだ。

3

中入り直後の高座は、上方では《カブリ》と称する。

江戸では《くいつき》と呼ばれる役回りだ。

中入りの休憩が済んだばかりの客席は落ち着かない。

カブリに上がった噺家は、まずは伸縮自在の噺で客席を落ちつかせなければならない。

カブリの後、真打ちの登場が近くなると、《シバリ》の噺家が軽い噺を披露する。

さらには《膝代わり》という曲芸や漫才などの色物につなぎ、《トリ》の真打ちの出番となる。

今日のカブリは、隠居だ。

もう七十歳を越えているとおぼしき隠居だが、朝馬が大阪に腰を落ち着けた早々、遊郭に案内してくれた。

大阪の色町といえば、まずは新町だ。

東京の吉原にあたる色町の筆頭だ。

朝馬は隠居に訊ねた。

「師匠、大阪《こっち》にも新町の他に色町はあるのかい。東京でいったら、品川《みなみ》とか、内藤新宿《ないとうしんじゅく》とか、千住《こつ》とかサ」

「さいデんなァ……色々とおますけど……せや、大阪の色町ゆうたら、私が若い時分に教《おせ》てもろうた『魚《うお》の狂句』いう噺がおますワ……」

そう言って教えてくれた噺を今、隠居は高座にかけている。

御一新以前《まえ》の文化文政（一八〇四〜三〇）の頃には、狂歌狂句の類がたいそう流行《はや》ったという。

『魚の狂句』は魚を織り込んだ狂句で、色事の諸相を表現していく趣向の噺だ。

「素人《しろうと》の堅気の娘はんは、どないだ」

「《寿司に漬け　まだ水臭きさよりかな》てなもんじゃ」

「なら、他人の嫁サンは、どないだ」

「そうやなァ……さしずめ《河豚鍋《ふぐなべ》や　鯛のあるのに無分別》ゆうトコかいなァ」という具

合に応酬が続く。

古色蒼然たる噺で、『明治』と御代の変わった今では、およそ客に受けそうもない。隠居以外、誰も演《や》り手がいない滅びかかった噺だ。

朝馬は目の前の河童頭の前座に告げた。

「『魚の狂句』だ。滅多に高座にかけられねえ噺だそうだから、おめえもよっく聞いときなヨ……」

河童頭の前座は不思議そうな顔つきで首をひねっている。

「さいでございますかいなァ……。『魚の狂句』は、一ン日《ち》のうちに必ずどなたかが演《や》らはりますようで……」と呟いている。

朝馬は(何をトボケた口を利きやがる。いってえ、いつの時代の話でえ)と腹の中で思った。

少々痴《こけ》がかった河童頭の前座が言うことだ。朝馬は深くは相手にならず、楽屋まで聞こえてくる隠居の高座に耳を傾けた。

『魚の狂句』では、新町の遊郭は《潮煮《うしおに》や　鯛の風味の名も高し》と称されている。まずは、万事に行き届いた遊里とされているのだ。

遊び馴れた連中は、そんな格式張った新町より島之内《しまのうち》や難波新地《なんばしんち》を好んだ。

島之内は《鯛よりも　その勢いを初鰹》。

また難波新地は《若鮎の　うらやましくぞ見えにける》だ。

女郎との情交より風雅を好む枯れた通人は、何といっても北の新地だ。

大店の旦那衆や、御一新以前《まえ》の遊びを知っている古老の通人は、《風鈴の音も涼しき洗い鯉》という風情の北新地が何より懐かしいらしい。

半年前、朝馬が隠居に連れられて訪れたのは、難波新地の西南、木津川沿いにへばりついているかのように広がっている松島の遊郭《さと》だった。大黒亭にも近い。

「松島はどないだ」

訊ねられた通人は《松島》という地名に少し顔を顰《しか》める体《てい》だ。

「松島かィな……さいなア……ほな、こういっとこか。《玉味噌の悪土臭《わるつちくさ》きぼらの汁》」

隠居と一緒に登楼《あが》った見世《みせ》の寝間は、敵娼《あいかた》と並んでようやく身体《からだ》を横たえられるほどの狭さだった。

なにしろ真冬だ。

敷かれている布団の綿はかちかちに固まっている。

黄ばんだ白布に包まれた枕が二つ並べて置かれていた。

見るからに寒々しいが、一方で胸の悪くなるような生温かさが部屋中にこもっている。

寝床に横たわると、饐《す》えた臭気が鼻をつく。

布団から肌へと湿気がじんわりと染み込んでくるようだ。

敵娼《あいかた》の女郎は胸の薄い女だった。

肌だけは抜けるように白い。

労咳《ろうがい》でも患《わずら》っているのだろうか、やたらにコホコホと咳ばかりしている。

女郎と並んで横になった朝馬だが、身体の上にかける布団がない。

「何かこう……上にかける布団《もの》はねえのかい……心細くっていけねえや……」

女は大儀そうに身を起こすと、襦袢《じゅばん》の前をはだけたまま立ち上がった。

もとから薄いのか、あるいは苦界《くがい》の勤めで擦り切れたのか、ちょぼちょぼと貧相な陰毛が股間から覗く。

あまりの無残さに朝馬は目を背《そむ》けた。

「五十銭やけど、エエのん……」

掛布団にも銭を取る女郎屋は初めてだった。

しかも掛布団だけではない。

後始末に使う紙にも金を取る決まりだという。

紙代を惜しんで、敷かれた布団の角に事後の汚れをなすりつけて済ませる客も多いという話だ。

むろん部屋には火鉢など備えつけられてはいない。

朝馬は背を向けて寝ている女の貧弱な尻に腹を当てて温《ぬく》もった。

敵娼の女は、大阪と奈良の境にある信貴山《しぎさん》の在の百姓の娘という。

軽い鼾《いびき》の合間にコホコホと咳を交じらせて眠りを貪《むさぼ》る女の髪の匂いを嗅ぎながら、朝馬は呟いた。

「地獄だ」

地獄は大阪の遊郭だけではない。

朝馬の胸に、吉原での地獄が甦《よみがえ》った。

4

御一新の直後だった。

朝馬は吉原の梶田楼《かじたろう》に登楼《あが》った。

梶田楼は大見世でもなく、また蹴転《けころ》と称される最下等の見世でもない。

吉原《なか》では、まあ中程度の店だった。

格子《こうし》に塗られた紅殻《べんがら》はところどころ剥《は》げている。

剥げた紅殻の向こうには羊羹色《ようかんいろ》の闇が淀んでいる。
一つだけ置かれた行灯《あんどん》がぼんやりとした光をあたりに放っている。
いくつかの影が闇に微かに浮かんでいる。
形は分明《ぶんみょう》ではない。
丸味を帯びた輪郭だ。
生まれたての牛の仔《こ》ほどの大きさの影がいくつか、半《なか》ば闇に溶けて澱《よど》んでいる。
影は、張り見世の中の女郎だった。
一人の男が朝馬を押しのけて格子につかまった。
鼻先を格子の隙間に突っ込み、暗がりの中に座っている女郎たちの品定めをしている。
白粉《おしろい》のわる甘い匂いが鼻をつく。
白く塗りたくった女郎の顔はどれも表情がない。
どんよりとした目を格子の外に向けたまま無言で品定めの視線を受け止めている。
格子に鼻を突っ込んでいる男の両腋から饐《す》えた臭気が立ち上っている。
朝馬は格子を離れ、入口で両手を擦り合わせながら立っている若い衆《し》に声をかけた。
「愛人《あいひと》って女郎《おんな》はいるかい」
若い衆《し》は不意をつかれたかのようにびくりと身体を震わせた。

その気もなさそうに格子の前にいた朝馬など、どうせ冷やかしの客だろうと高を括《くく》っていたのだろう。

若い衆はまるで崩れた豆腐のように顔中をくちゃくちゃにした。

擦り合わせていた手をポンッと勢いよく打ち合わせた。

無暗に高い音があたりに響く。

「ヘイッ、らっしゃい！　ありがとう存じます。愛人さんをお名指しで……お馴染《なじ》みさんでございましたか。それは手前、お見逸《みそ》れ致しまして失礼を……」

若い衆は景気づけになおもパンパンと勢いよく両手を打ち合わせながら、朝馬を見世の中に案内していく。

若い衆が奥に向かって「へいッ、お登楼《あが》ンなるヨッ」と呼ばわると、奥から葡萄茶《えびちゃ》の縞物《しま》を羽織った遣り手《やて》の婆さんが姿を現した。

婆さんのほうは最初から崩れた豆腐の顔をしている。

「まあまあ、ようこそお越しで……ホッホッホッホッ……」

笑う婆さんの口に歯はない。

真っ黒な空洞がぽかりと開いているだけだ。

若い衆が婆さんに「こちら……愛人さんをお名指しで」と引き継ぐ。

婆さんはお追従《ついしょう》のつもりなのだろうが、尻がこそばゆくなるような愛想笑いを朝馬に向けた。

「まあまあ、愛人さんをお名指しとは、お馴染《なじ》み……でもなさそうなのに、お目が高うござんす」

「ああ、初会《しょけえ》だが、遊ばしてくんねえな」

「はいはい、ごゆっくりと……ささ、お登楼《あが》りなすってくださいましな」

婆さんは朝馬を誘《いざな》って見世に上げる。

同時に張り見世の暗がりの中に屯《たむろ》している女郎たちの塊《かたまり》に向かって声をかけた。

「愛人サンや……お客さまだよ……」

暗がりがゆらりと揺れて、一人の女郎が立ち上がった。

二階へ上がる階段に差しかかっていた朝馬には、女郎の顔は見えなかった。

5

遣り手の婆さんには心付《こころづ》けを弾んだ。

崩れた豆腐のような婆さんの笑顔が、さらにだらしなく蕩《とろ》けてゆく。

「これはこれは、旦那ァ……」と、鼻にかかった甘え声でさらにお追従を続ける。

朝馬は手を振って婆さんを遮《さえぎ》ると、「初会だから、ゆっくりしてえのよ。頼むぜ」と念を押した。

婆さんは身を捩《よじ》らせて科《しな》をつくると「おまかせくださいナ……今夜は花魁《おいらん》には廻しなんぞは取らせませんから」と請《う》け合った。

婆さんが下がると、朝馬は小部屋に一人きりになった。

案内された部屋は愛人という女郎の持ち部屋らしい。

床の間には三味線が立てかけられている。

隅に片づけられている枕屏風《まくらびょうぶ》には色鮮やかな絵が貼りつけられていた。

さまざまな姿態の猫が何匹も描かれている錦絵だった。

愛人という女郎の好みなのだろうか。

苦界《くがい》に身を沈めた女郎が、わずかに自由になる調度品を精一杯に飾っている心根がいじらしい。

小さな火鉢の傍《かたわ》らには読みかけの草双紙が伏せられている。

襖《ふすま》が開いた。

小顔の女が姿を現した。

江戸の生まれだとすぐ知れる。

水道《すいどう》の水で洗われた肌の白さが眩《まぶ》しい。

鼻筋のスッと通った美しい女だ。

鋭い目つきにはやや険《けん》があるが、気にはならない。

かえってきかん気の女らしく見えて、好む客も多かろうと思われる。

女は朝馬の前に手を束《つか》ねた。

「愛人でござんす。お見知りおきを」

続いて遣り手の婆さんも再び姿を現した。

「何か台《だい》の物でも、そう言ってきましょうか……おすもじでも」と取り持ちを始める。

女郎屋で出す寿司などとても食えた代物《しろもの》ではない。

客が払う寿司代のいくばくかは婆さんの懐に入る仕組みだ。

朝馬は台の物は婆さんにまかせた。

煙管を手にした愛人が婆さんに「お酒を……小《ち》ッせえので何度も持ってきてもらうのは面倒臭《くせ》え……大《お》ッきいので持ってきッくんねえな」と告げた。

そして朝馬に向かって「あちきは呑みますよ。かまやしませんねェ、旦那」と念を押した。

婆さんはそれまで作り続けていた笑顔を少しだけ曇らせ、「愛人サン、大丈夫かい」と訊ねた。

愛人は婆さんには答えず、鼻の頭をつんと天井に向けた。

華奢《きゃしゃ》な煙管《きせる》から吸い込んだ煙を天井に向かってフッと吐く仕草が伝法《でんぽう》だ。

銀の吸い口がキラリと光って、朝馬の目を射抜く。

実は、朝馬は愛人の素性を知っていた。

御一新以前《まえ》の御徒町《おかちまち》の同朋《どうほう》、倉田元庵《くらたげんあん》の娘で名は里《さと》。

朝馬は運ばれてきた酒をちびちびと嘗めながら愛人を眺めた。

愛人は酒がまわるにつれ、気がほぐれてきたようだ。

噂どおりの酒豪らしい。

初会客の朝馬の前でも大きな杯で遠慮なくぐびりぐびりと呑《や》っている。

根っからの酒好きなのだろう。

「なんか弾いて聞かしてくんねえ」と水を向けた朝馬に、愛人は気軽に床の間から三味線を持ってきて構えた。

「清元がいいかい。それとも一中《いっちゅう》節かい」

「清元は、ちいと華やかすぎて気分じゃねえなァ……一中節の古いところを頼まあ」

「あいよ」

愛人は三味線の調子を合わせ唄い始めた。

低く錆びた声が朝馬の腸《はらわた》に染み通ってくる。

「『智恵も器量も身代も　みな淡雪と消え失せて　交わせしことの変わるをば　変わらぬように先の世で　先で逢うやら逢わぬやら　どうやらこうやら知らねども　いとし可愛のあまりには　かなわぬときの神だたき……』」

愛人は『交わせしことの変わるをば』の文句を、体中を振って絞り出すように唄った。

朝馬も他人事ながら愛人という女の痛みをまともに受けたような気がした。

後ろから背中を斬られたような、冷たさにも似た痛みが走る。

「こいつは気のモンだろうが……そう、あいつは『神経』とか言ってやがったっけ……」

たしか御一新以前《まえ》の安政六年頃――。

円朝は『真景累ケ淵』という続き物の怪談を高座にかけた。

「『真景』たぁ、どういう意味だね」という朝馬の問いかけに、円朝はほんのわずかに口の端を歪めて答えた。

「なあに、『真景』は当て字でね。世間で、不思議だの恐ろしいだのという話や出来事は、いっさい『神経』、要は頭の内のなせる仕業でサ」

6

「畜生め……ひとの身体だからといってさんざんにしやがって……」

喜瀬川は三人目の客の部屋を後にした。

客は坊主頭に金縁眼鏡をかけた男だった。

白襯衣《しゃつ》にずぼん姿の客は、喜瀬川が勤める見世では滅多に見かけない。

官吏サマというからには、本来なら大見世に登楼《あが》って本格の遊びをするはずだ。

それをわざわざ安女郎を買いに来る客だ。

喜瀬川ももう何度も相手をしている。

男は決まって喜瀬川を後ろ手に縛った。

縛ったうえで苛《さいな》んだ。

女の弱い部分を弄《いじ》られれば、思わず声が漏れそうになる。

陰獣になり下がった男は杯を片手に、歯を食い縛って耐える喜瀬川の表情を見て楽しむ。

男が薄い口髭を舐めるために、ときおり覗かせる舌先は、南天の実のように赤い。

秘所に小さな玉を入れられた。

玉には鈴が仕込まれている。

乳首を摘《つま》まれた喜瀬川がびくんと身動きするたびに、秘所から鈴の音がチリチリと漏れた。

両手を縛《いまし》められたまま、床《とこ》に転がされる。

男は、まるで喉笛が破れているかのように「ヒュー、ヒュー」という蚊細《かぼそ》い声を漏らしながら、金縁眼鏡の奥の目を細めて、激しく喜瀬川を責め立てる。

身体中を刺激されて喜瀬川の毛穴という毛穴から、ねっとりとした脂汗が吹き出てくる。

男の金縁眼鏡に、行灯の橙色の光でぬらぬらとぬめる喜瀬川の身体が映っている。

髷《まげ》が緩《ゆる》んで乱れた髪の筋が二、三本、汗まみれの額や頬にへばりつく。

背後に回されて縛られた拳を強く握りしめる。

爪が掌に食い込む。

喜瀬川は背中を硬直させたまま陰部を宙に向けて思いきり突き出す。

チリチリという鈴の音が激しく鳴った。

喜悦に耐え続けた喜瀬川も、ついに気をやった。

同時に男の股間から濃い腎液《じんえき》が勢いよく迸《ほとばし》る。

喜瀬川の左の乳の下から首筋にかけて白濁《はくだく》した熱い液が走った。

男は精を放つと、すぐに何事もなかったかのように息を整えた。

薄い口髭を指先で撫でつけ、おもむろに杯を口に運ぶ。

陰獣から官吏サマの顔に戻っていた。

「もう女郎は用済み」とばかり喜瀬川を部屋から追い立てにかかる。

縛めを解かれた喜瀬川は、まだ汗が滴《したた》り落ちる身体に襦袢《じゅばん》を巻きつけただけの姿で廊下に出された。

廊下は真っ暗だった。

いずこの部屋からか、客と女郎の立てる物音が微かに漏れてくるだけだ。

喜瀬川は息を整えながら右手で髱《たぼ》に触れた。

髷の崩れが気にかかる。

廊下で朋輩女郎や客たちとすれ違う。

身体を客の自由にされ、意に反して乱れてしまった屈辱を見透かされるようで、どうにも耐えがたかった。

喜瀬川を待ちわびている薩摩者の部屋から、若い衆の利助が気の毒そうな顔を突き出している。

利助にまで恥辱を見透かされたという思いに身体がカッと熱くなった。

喜瀬川は利助に向かって毒づいた。

「分かってるッてんだよ。薩摩者《さつまいも》だろ。適当にあしらっときなヨ……」

利助は「客に聞こえる」とでも言いた気《げ》に両手で喜瀬川を押し留める素振りを見せる。

「そうおっしゃらねえで、花魁……ちいッと、お顔だけでも見せてくだされば、あとは何とか宥《なだ》めますので……」

小声で喜瀬川に訴える利助の背後から、野太い声が追いかけてくる。

薩摩の国の言葉なので、江戸生まれの喜瀬川には何を言っているのやらさっぱり分からない。

おそらく利助にも分かっていないだろう。

それでも利助は如才なく部屋の中を振り返って応じている。

江戸はすでに「東京」と名を変えている。

喜瀬川たち江戸者にとって「トウキョウ」という発音はなかなか難しい。

ただでさえ（お江戸で十分なのに、何が「トンキョー」でえ……間抜けた鶏《とり》の鳴き声じゃあるめえし）と憤《いきどお》っているのに、薩摩者に大きな面《つら》をされては腹の虫が収まらない。

利助は相変わらず首だけ廊下に突き出したまま、喜瀬川に目で合図している。

「なんだい……」

屈《かが》んで利助に耳を貸した喜瀬川に小声が響いた。

「薩摩さまのお次は……へへッ……花魁のお待ちかねの方《かた》で……」

「えっ……あの人《しと》が登楼《き》たのかい」

「ヘエ。ごゆっくりとお楽しみを……」

利助は喜瀬川をからかうように「間夫《まぶ》はァ、勤めのォ、憂《う》さ晴《ば》らしィ〜」と唄った。

「ヤだよ、この人《しと》ァ……」と喜瀬川は利助の肩をポンと叩《はた》いてニヤリと笑った。

「ちょいと汗ェかいちまったんで、お湯ゥ遣《つか》ってくるから……そう言っといておくれよ」

喜瀬川は再び腰を上げると階下の湯殿に向かった。

廊下の暗闇から息を詰めたような女の喜悦の声が漏れてくる。

薩摩者も官吏サマに負けず劣らずクセ者だ。

太い眉毛と真ん丸な目玉の持ち主で、胸といわず背中といわず、尻から腿の裏側にまで身体中、まんべんなく硬い毛が生えている。

とても同じ人間とは思えない。

ただ官吏サマと違って、あしらいは容易だった。

素っ裸になった毛むくじゃらの薩摩者は、哀願するような目を喜瀬川に向ける。

「フンッ、おまえなんかコレでたくさんサ。お望みどおり踏《ふ》んずけてやるヨ」

喜瀬川はゆっくりと足を上げる。

そして、ゆっくりと足を薩摩者の顔の上に下ろす。

足の裏が薩摩者の顔にべったりと載る。

感極まった薩摩者は、顔中をくしゃくしゃにして、まるで地の底から沸き上がるような声で
「ぐえええ……」と叫ぶ。

外見だけではない。

喜悦の声も、とても同じ人間とは思えない。

湯殿の中で喜瀬川の胸は邪悪な思いに満たされる。

「フフフ……今日は、しょんべんでもかけてやろうかね」

薩摩者《さつまいも》を片づければ、あとは恋しい男と朝までだ。

「やっと来てくれたんだ……あたしゃ、嬉しいよォ……」

喜瀬川の声が湯殿の暗闇に溶ける。

「間夫はァ、勤めのォ、憂さ晴らしィ〜」

唄もまた暗闇に溶けて消えていった。

愛人《あいひと》という女郎《おんな》は、実に酒が強かった。

朝馬が面白がって銚子をあてがうと、勧められるままにいくらでも呑む。

立て膝をした愛人の腰巻きの隙間から黒々とした陰部が覗いた。

朝馬は不意をつかれて怯《ひる》んだが、すぐに気を取り直す。

愛人の股倉に向かって、パンパンと柏手《かしわで》を打って拝んだ。

愛人は薄い唇を持ち上げてニヤリと笑った。

「主《ぬし》は素人じゃござんせんねェ……芸人だろう」

手酌で酒を注ぎ足しながら愛人は朝馬を横目で見た。

朝馬は答えず、愛人から受け取った銚子の酒を自分の杯に注いだ。

愛人は「主《ぬし》の生業《なりわい》が何だろうと、知った話ではない」とでも言うかのように素知らぬ顔で目を宙に泳がせる。

朝馬は愛人に身体を寄せて襟元に手を滑り込ませた。

「どうしたんだい……もっと呑まねえのかい……」

朝馬の指先が乳の先端をとらえた。

朝馬は小豆粒《あずきつぶ》ほどの塊《かたまり》に指の腹をあてがった。

笑みを浮かべながらいいなしにかかった愛人だったが、長くは堪《こら》えきれなかった。

胸をまさぐる朝馬の腕に両手ですがりつく。

朝馬は空いているほうの手を愛人の頤《おとがい》に当てる。

愛人の口はもう半開きになっている。

朝馬は愛人の口をきつく吸った。

愛人の肌は滑らかだ。

手が肌の中に溶けていきそうだ。

「この女を……野郎は好きにしていやがった」と思うと、まさぐる手にさらに力がこもる。

愛人は朝馬の高まりにきちんと反応した。

横たわって前をはだけた愛人は、腹までむき出しにしている。

愛人の臍《へそ》の下には、二寸ほどの赤い筋が縦に何本も走っている。

子を産んだ女の証《あかし》だ。

朝馬は愛人に覆いかぶさると一気に貫いた。

愛人はくぐもった声で喘《あえ》ぐ。

「おめえは子を産んだことがあるな」

腰を動かしながら朝馬は愛人の耳元で訊ねた。

愛人は意外な問いに驚いたかのように目を見開く。

朝馬はさらにぐっ、と腰を沈めた。

「誰の子だ」

腰を思いきり突き上げる。

愛人は漏れそうになる喘ぎ声を噛み殺すように右手を口元に当てた。

朝馬は口を覆った愛人の手首を握って枕元に押さえつける。

「おめえは誰の子を産んだんだ」

責め立てる朝馬から逃れようと愛人は身を捩《よじ》る。

「主《ぬし》は……誰なの……」

愛人は喘ぎながら朝馬を問い質《ただ》す。

子を産んだ事実まで知っている朝馬に犯されるのは耐えがたい屈辱なのだろうか。

愛人は朝馬から逃れようと必死に腰をずらし、にかかる。

それを朝馬は許さなかった。

さらに激しく愛人を突き上げる。

「誰の子だ」

愛人はついに屈服したかのように朝馬の背中に両手を回した。

「え……えん……」

朝馬はさらに愛人の奥へと自身を捩《ね》じ込んでゆく。

突き上げきった愛人の身体が弓なりに持ち上がった。

「え……円朝の……子……だよお……」

8

雨が激しくなってきたようだ。

わずかに開けた楽屋口の隙間から、軒を落ちる雨粒がはっきりと見える。

ポタッ、ポタッ、という重た気《げ》な音まで聞こえるようだ。

楽屋の中で「わっ」という声とともに誰かが立ち上がった。

天井からの雨漏りに首筋を直撃されたらしい。

前座の一人が慌てて丼鉢を持って駆け寄る騒ぎになった。

隠居の『魚の狂句』が終わり、同様に朝馬の知らない噺が高座にかかっていた。

女中を孕《はら》ませた主人公が困り果てて一計を案じる。

孕んだ女中に持参金をつけて、どこかに片づけようという算段だ。

人を介して持参金の金を工面するが、なんと金を貸してくれた男こそ女中を押しつけようとした当の相手だった、という筋立てだ。

「へえ、こいつは面白い噺だねえ」

朝馬は感心して目の前にかしこまっている河童頭の前座に訊ねた。

「なんて噺だい」

朝馬の問いに河童頭の前座は困ったような顔をして首をひねっている。

前座の楽屋での重要な役目にネタ帳の記入がある。

高座で何がかかったか、噺の題名を記しておくための帳面だ。

芸人たちは高座に上がる前にネタ帳を覗き、似た筋立てや同じ味わいの噺を演《や》らないように気を配る。

「なんでェ、前座サン。おめえ、知らねえのかい」

河童頭の前座は悲しそうに顔を伏せた。

河童頭に剃り上げた脳天が朝馬にまともに向く。

どうやら河童頭の前座は、この楽屋ではあまり頼りにされていないように見受けられた。

他の前座たちが忙しそうに立ち働いている中でも、河童頭の前座は平気で朝馬の前に座り込んでニコニコと芸談を聞いているありさまだ。

また楽屋の連中も河童頭の前座など眼中にないかのように振る舞っている。

「噺の題くらいスラスラと出るようでなけりゃ、楽屋の用事も勤まらねえぜ」

朝馬は柄《がら》にもなく小言めいた台詞《せりふ》を口にした。

『魚の狂句』を終えて戻ってきた隠居が、煙草盆を前に一服喫《つ》けている。

朝馬が声をかけると、隠居はひょいと顔を上げた。

高座に向かって目で演目を問うと、

「コレはナ、御一新この方《かた》、流行《はや》っている噺でおます。『持参金』ゆう噺で、もともとは『逆さの葬礼《そうれん》』ゆう噺の一部分やったン……」

隠居はそう答えると、煙草をスパッと旨そうに吸いつけた。

「朝馬はんも、どないです。覚えはって、東京《あっち》に帰ってから演《や》らはったら。あてが教えまひょか」

と、歯の抜けた口を開けて笑った。

「東京に帰ってから……ですかい……」

隠居の言葉に、朝馬の胸はずきんと痛んだ。

「東京に帰る……おいらが……」

子供の頃から前座仲間として一緒に修行していた小円太、いや、三遊亭円朝は、道具や背景を用いる大時代がかった芝居噺を捨て、今や素噺《すばなし》一本で東京の寄席を席巻している。

「円朝《あいつ》には敵《かな》わねえ……円朝が居《い》る限り、おいらは帰れねえ……」

『圓朝《えんちょう》』の名を左右に一文字ずつ刻みつけた下駄を毎日踏んで歩くのが精一杯だった。

とうてい追いつけぬと悟った相手の、せめて名なりを踏んで悔しさを晴らしたいという、我ながらいじましく情けない仕業《しわざ》だ。

下駄は他の者の目には決して触れさせたくはない。

円朝が子を産ませた女が吉原《なか》にいるという噂を聞きつけて、わざわざ出かけていきもした。

愛人《あいひと》という女郎を夜の明けるまで責め苛《さいな》んで楽しんだ。

だが、気が晴れるどころではなかった。

果ててぐったりとした朝馬の背中を、愛人はまるで慰めるかのようにぽんぽんと叩いた。

「主《ぬし》は、円朝《あのひと》には敵《かな》わねえヨ……諦めな」と引導を渡されたような気がした。

目の前の前座は河童頭を上げて心配そうな顔で朝馬を眺めている。

朝馬は河童頭の前座にまで心の中を見透かされてたまるかと言わんばかりに、隠居に向かってことさら大声で笑ってみせた。

「はっはっ……そうだなァ……」

河童頭の前座は朝馬の笑いに曖昧にうなずく。

隠居は二服目の煙草を吸いつけたところだった。

朝馬は河童頭の前座の肩越しに隠居に声をかけた。

「じゃ、おいらも『持参金』て噺を覚えようかなァ……師匠、教《おせ》えておくれよ」

隠居は虚《うつ》ろな朝馬の笑いに煙草に咽《むせ》ながらも「よろしおま」と請け合った。

改めて朝馬をまじまじと見つめる隠居は薄気味悪そうな顔つきをしていた。

朝馬には、なぜ隠居がそんな顔をしているのか分からない。

朝馬は目の前の河童頭と隠居の顔をかわるがわる見つめた。

9

寄席がはねると、隠居は朝馬を蕎麦屋《そばや》に誘った。

大黒亭の近くにある汚い店だ。

幸い雨は上がったが、一面のぬかるみで油断すると道に足を取られた。

朝馬も隠居も尻からげをして一歩ずつ足を踏みしめながら歩いていく。

朝馬の下駄に刻みつけられた《圓朝》の文字が足の裏の皮に食い込む。

下駄の歯がぬかるんだ地面に触れたとたん、わずかに滑る。

すると《圓朝》の文字が朝馬の足の裏の皮をきりりと引っ掻いた。

「店は汚《きたの》うおますが……なかなか旨い蕎麦を食わせませんのヤ」

隠居は言い訳するかような口調で朝馬に告げる。

「ナニ、店を食うわけじゃねえ、蕎麦をたぐろうってんだ。店なんざ囲ってありゃいいってなもんでサ」

そう言いながら朝馬は店の中をぐるりと見回す。

入口近くの土間に、湯を煮立たさせた大釜がでんと据えられている。

急ぎの客は小上がりの縁《へり》に腰かけて蕎麦を啜《すす》る。

朝馬と隠居は畳に上がって小さな卓袱台《ちゃぶだい》をはさんで差し向かいになった。

座敷の隅に行灯《あんどん》が一つ置かれているだけなので薄暗い。

目が慣れてきた朝馬は驚いた。

隠居の言葉どおり恐ろしく汚い店だ。

畳の目をさぐった指先が真っ黒になっている。

朝馬は隠居に気づかれぬよう懐に手を差し込んだ。

懐の手拭いで指先をぬぐう。

入口の黄ばんだ障子紙には『名代　須《す》な場《ば》』と下手な字で書かれていた。

「東京《あっち》にも『砂場』て名の蕎麦屋は多いが……大阪にもあるんだねえ」

熱燗を隠居に差しながら朝馬は訊ねた。

「砂場ゆうンは、安治川の先にナ……太閤ハンがお城を築かはったときに普請に使う砂を採《と》ってたとこがおます。そこで砂採りをしていた人足が腹ごしらえした店が始まりやそうで……」

酒の肴《さかな》は、葉山葵《はわさび》の醤油漬けだった。

「わてはもう歯がのうなってもうたんでなァ……蕎麦かうどんくらいしかよう食えませんワ」

実は朝馬も同じだった。

このところ胃の腑《ふ》が痛んで、きりきりとくる差し込みも激しくなっている。

酸《す》い液の込み上げにも悩まされている。

高座に上がっているときは不思議と収まるが、気が抜けるともういけない。

近頃では米粒も受けつけなくなっていた。

何か腹に入れてもすぐ嘔吐《もど》す。

ときおりの吐瀉物《としゃぶつ》に血が混じるようになった。

熱燗も葉山葵も胃の腑にしみる。

ぴりぴりと傷めつけられた胃の腑の壁が悲鳴を上げる。

が、どういうわけか食い意地だけは収まってくれない。

朝馬は葉山葵の辛さに「こたえられねえや」と呟き、さらに熱燗を胃の腑に流し込んだ。

「へえ……お待《ま》っとサン」

頭より腰のほうが高くなるほど腰の曲がった爺さんが、朝馬の前にせいろを置く。

すべてが黒くくすんだ店内にあって、せいろの上の蕎麦だけが鮮やかに白く見える。

昆布をおごった出汁《だし》につけて一気に啜る。

「うん……旨《うめ》え」

胃の腑の悲鳴も収まったようだ。

「爺さん、せいろォ、あと一枚《いちめえ》頼まぁ」

隠居はかけの丼を抱えている。

熱い出汁をかけた蕎麦は、朝馬のせいろとは違い、野趣に富んだ濃い灰色をしている。

隠居の丼を覗き込んだ朝馬は「へえ……かけは、いかにも蕎麦っくせえ蕎麦だねえ」と感嘆の声を上げた。

「さいな。熱くして食べるのんと冷たいのんで、蕎麦を変えてくれてまんのヤ」

「さすが大阪だねえ。食い物《もん》にこだわるとこが並たいていじゃねえや」

せいろを二枚平らげた朝馬は、久しぶりに満ち足りた気分になった。

どろっとしたそば湯を啜る。

「ところで朝馬はん……」

隠居は何事でもなさそうな調子で朝馬に訊ねた。

「このところ、あんさん、楽屋で独りぶつぶつ言うてはるけど、誰としゃべってまんので……」

「あンッ……おいらが独りでしゃべってるって……噺家が銭にもならねえのに独りでしゃべるなんてこたぁあるはずが……」

朝馬は隠居の顔つきを見て言いさした。

隠居は気味悪そうな目つきをしている。

「あの妙ちくりんな河童頭の前座が……」

隠居は歯のない口を開けて「ひいィ」と小さな悲鳴を上げた。

「あんさん、河童頭の前座が見えまンのか……」

座敷の中が一瞬だけカッと明るく照らされた。

カッと明るくなった灯《あか》りはゆらゆらと揺れたかと思うと、すぐに消えた。

行灯の油が尽きたのだろうか。

暗闇の中から、泡《あわ》を食ったような隠居の声が聞こえる。

「たまに居《お》りまンのや……河童頭の前座が見えるお人が……」

土間で湯を沸かしている大釜の火影《ほかげ》に照らされて、隠居の目が光っている。

蕎麦屋に入ってからも絶え間なく吹き出ていた朝馬の顔の脂汗が一気に引いた。

「わてが噺家になるよりずっと以前《まえ》でおます……大黒亭《あすこ》で前座が一人、死にましてン……物覚えの悪い子だったそうで、師匠から『噺が覚えられヘンのやったら死んでまえ』と言《ゆ》われて……なァ」

隠居は光る目を朝馬の頭上にすっと上げた。

「いつも楽屋で兄《あん》サンが座ってはるところのちょうど真上の梁《はり》に縄かけて……ホンマに首を括《くく》りましてン」

10

喜瀬川は、薩摩者《さつまいも》の部屋を後にした。

夜はまだ深い。

薩摩者の部屋に入ったときは、闇の中のそこかしこから嬌声が漏れ聞こえていたが、丑三《うしみ》つどきを回ると、さすがにどの部屋も寝静まっている。

辛い勤めの憂さも少しは晴れている。

薩摩者に求められるまま、さんざん苛《いじ》めてやった。

横たわった薩摩者に懇願されて腹を何度も蹴り上げたときには、喜瀬川の爪先が鳩尾《みぞおち》に入った。

「グエッ」と蛙のようなひと声上げて薩摩者は悶絶していた。

さすがに（やり過ぎたか）と怯《ひる》んだが、薩摩者は大きな目玉を一杯に開き、なおも懇願の眼差しを喜瀬川に向けている。

喜瀬川は哀れな薩摩者の顔の上にしゃがみ込んだ。

「もっともっと苛《いじ》められたいのだろう……だったらいいいいものをあげようか……」

薩摩者は言葉にならない声を出し、何度も何度もうなずく。

喜瀬川は薩摩者の顔の上に跨《また》がったまま放尿した。

「へんっ……薩摩《さつまいも》者にしょんべんを引っかけてやったよ。いい気味《きび》だってンだ」

あいつらは、もっともっと酷《ひど》い仕打ちで責めてやってかまわない。

喜瀬川は朋輩の女郎の話を思い出した。

元は会津《あいづ》の武家の出だという。

最後まで官軍に抵抗した会津に、薩摩の官軍が殺到する。

会津若松の美しい鶴ヶ城は焼け落ち、御城下は野獣に等しい薩摩軍に蹂躙《じゅうりん》された。

朋輩の女郎は、城下での体験や見聞は決して口にしなかった。

口にすれば、凄惨《せいさん》な地獄絵図がまざまざと甦《よみがえ》るからだろう。

喜瀬川も御家人の娘だ。

一番上の兄《にい》さまは彰義隊《しょうぎたい》に加わり、上野の山で亡くなられた。

黒門町《くろもんちょう》あたりに据えられたガトリング砲とかいう大砲の弾に吹き飛ばされ、全身が細かく千切れた。赤い肉片が四方八方に飛び散ったそうだ。

綺麗な顔立ちの兄さまだったのに……。

二番目の兄さまは『小さい兄さま』だ。

『小さい兄さま』も、それはそれは綺麗な顔立ちだった。

『小さい兄さま』は今は……。

今夜の五人目の客が待っている。

喜瀬川の恋しい間夫《まぶ》だ。

もう一度お湯を遣《つか》ってこようかしらん、と思う。

その一方で、一刻も早く会いたい、顔を見たい、顔を合わせたい、とも思う。

(でも、汚れたなりじゃ嫌われちまう……)

喜瀬川は再び階下の湯殿に向かった。

帳場の前の内所《ないしょ》から不寝番の若い衆が喜瀬川をじろりと窺った。

喜瀬川は手早く身体を拭いて化粧にかかった。

宵の口のように念入りな化粧はできない。

それでも（できるだけ綺麗にしとかなけりゃ……嫌われたらイヤだよう……）と、白粉《おしろい》を叩《はた》く手にも力が入る。

唇の紅は、念を入れて二度引いた。

（急がねえと、夜が明けちまう）と気が気ではなかった。

枕紙の束を襦袢《じゅばん》の懐に押し込むと、喜瀬川は二階の長い廊下を部屋へと急ぐ。

廊下の先は真っ暗だ。

深くて黒い闇が続いている。

喜瀬川の身体に闇がまとわりつく。

右手の部屋から微かに漏れる灯りだけが頼りだ。

喜瀬川は闇の中を泳ぐように身を捩《よじ》らせながら進んでいく。

目指す部屋の障子戸を開けた。

中で腕組みをして待っていた間夫が顔を上げた。

喜瀬川は懐かしい男の首っ玉に飛びつくと、唇に吸いついた。

ねんごろに舌を絡み合わせた口吸いが永く続く。

ようやく口を離すと、喜瀬川は男の首に手を回したまま、まじまじと顔を眺める。

「会いたかったよぉ……」

そう呟くと、頬を男の頬に寄せた。

皮膚を通して伝わる恋しい間夫は生温かい。

喜瀬川は、なおも男の頬に頬を重ねたまま再び呟いた。

「会いたかったよぉ……小さい兄《にい》さまぁ……」

第三席

粗《そ》忽《こつ》長《なが》屋《や》

1

大黒亭の楽屋はいつになく混み合っている。

煙草を喫《の》んだり茶を啜《すす》っている芸人の数は、普段より五割方多い。

用事をする前座たちも、座り込んでいる芸人たちの背中と背中のあいだをすり抜けるようにして飛び回っている。

朝馬には、大阪の夏は堪《こた》えた。

目に見えない霧のような湿気が顔といわず身体といわず、始終まとわりついてくる気がした。

お天道《てんとう》さんも、江戸に比べていやにギラギラと照りつけるように感じる。

湿気に蒸され、陽光に炒《い》られる毎日だ。

「朝馬はん、少《ち》ィッと痩せはったンと違《ちゃ》うか……」

心配そうに訊ねる隠居に、朝馬は「なあに、江戸《あっち》にいたときも、夏にゃ滅法弱くってねぇ……」と笑って答えた。

胃の腑の具合は相変わらずよろしくない。

鳩尾《みぞおち》のあたりの疼《うず》きも頻繁だ。

根っからの食いしん坊だが、固形物を口にする気力は湧かない。

朝馬は夏のあいだ、毎日、素麺《そうめん》を湯がいて凌《しの》いでいた。

上方には旨い素麺の産地が多い。

名代《なだい》の大和の三輪素麺をはじめ、京の大徳寺の蒸し素麺、播州龍野の揖保乃糸《いぼのいと》。

朝馬は乾物屋であちこちの素麺を少しずつ買ってきては食べ比べする楽しみを覚えた。

あらかじめ昆布と鰹節で出汁《だし》をこしらえて徳利《とっくり》に用意しておく。

薬味は擂《す》った生姜《しょうが》や大根おろし、刻んだ葱《ねぎ》だ。

「胡麻を炒ったンをふりかけてもイケまっせ」と隠居に教えてもらった。

絞った手拭いで日に何遍も身体を拭く暑い夏も、ようやく峠を越しかけたようだ。

（おんや……ツクツクホウシが鳴いていやがる……）

夏の終わりを告げる蝉の声を聞くと、暑さと湿気に傷《いた》めつけられていた朝馬の身体にも力が戻ってくるような気がする。

昼日中《ひるひなか》の暑さは変わらぬが、朝夕には、ほっと息を吐《つ》きたくなるような涼しさが日一日と戻ってきていた。

朝馬は、いつになく大勢の芸人が詰めかけた大黒亭の楽屋でいつものように柱に寄りかかっていた。

普段とは違う楽屋の様子は、人の多さだけではない。

大黒亭では高座の最後をつとめるトリの噺家は、神棚の下に座を占めるならわしだ。

今日は神棚の下には、巨大な屏風が置かれていた。

屏風の絵が一風変わっている。

顰《しか》めっ面《つら》をした達磨《だるま》が、柳腰《やなぎごし》の美女の膝枕で耳掻きをしてもらっている図だ。

禅寺で、法事の精進落《しょうじんお》としにでも使われそうな絵柄だ。

おおかた間に合わせに大黒亭の席亭から借りてきたのだろう。

にぎやかな楽屋に置かれると、耳掻き達磨は滑稽さと裏腹に物悲しく見える。

屏風の向こう側は、ひっそりと静まり返っている。

ときどき白湯《さゆ》を持った前座が身体を縮こませながら屏風の向こう側に入っていくだけだ。

一方、屏風のこちら側は普段にもまして騒がしい楽屋だ。

そこここに話の輪ができている。

見かけない顔が多い分、雑談の内容も普段とはずいぶん変わっている。

いつもなら万年中座の竹之助あたりがもっぱら猥談《わいだん》で座を盛り上げるところだが、今日は
名のある師匠連がずらりと顔を揃えている。

竹之助もいつになく神妙な面持ちで周囲の話に聞き入っている。

火鉢の周囲には、法善寺の金沢亭や紅梅亭のような名代の寄席に出る噺家たちが集《つど》っている。

むろん夏なので火鉢に炭は活《い》けられていないが、大黒亭の楽屋では、火鉢が置かれている場所が上座《かみざ》と目されている。

上座では芸談に花が咲いている。

「東京では、何やらゆう噺家が、素噺《すばなし》一本でいく、ゆうてるらしいでンなァ……」

「さいな。せっかく芝居噺でちぃとは名も売れてきたのやが、芝居噺の道具一切を弟子に譲ってしもうたらしいデ」

「噺家になる以前《まえ》は、浮世絵の国芳《くによし》サンに弟子入りしてたいうヤないか。なら、なおのこと芝居噺でいかな……」

「アハハハ……素噺たら地味な芸やで、客は喜ばんやろうに。アホな奴やなァ……」

「ホンマにアホやで」

ひとしきり円朝の噂話をして笑い合う。

(地味だの何だのという段じゃねえぜ、円朝《あいつ》の芸は……)

朝馬は独り胸の奥で火鉢の周りの噺家たちを笑い飛ばした。

途端《とたん》に鳩尾《みぞおち》に鋭い痛みが走った。

朝馬は掌を痛む場所に当てる。

気のせいか鳩尾のあたりが腫れている。

掌から熱が伝わってくる。

胃の腑がもう一度、きりりと痛んだ。

朝馬は心のうちで叫んだ。

(円朝《あいつ》は凄《すげ》えぞ!)

なるほど、大阪の落語は万事が派手だ。

大黒亭では、噺家は下座《げざ》から高座に上がる際、三味線のにぎやかな囃子《はやし》で送り出される。

朝馬が育った江戸、東京の寄席には、大阪のような出囃子《でばやし》はない。

どの噺家も等しく笛と太鼓だけの片《かた》シャギリで高座に上がる。

大阪の他の寄席は知らぬが、大黒亭では、それぞれの噺家が長唄などから好みの曲を選んで出囃子に使っていた。

また大阪では、噺家は前に見台《けんだい》を置き、小拍子《こびょうし》という木片を打ち鳴らしながら高座をつとめる。

客の気を惹《ひ》いて舞台に向けさせるための工夫だ。

さらに朝馬を面白がらせた工夫があった。

大阪の寄席では、前座が高座の袖で小さな鐘を持って控えている。

東西を問わず、およそ高座に上がった噺家は、いきなり本題に入るわけではない。

日によって変わる客層を推し量り、客席を温めるために本題とは関係のない『まくら』から入る。

「知ってはりまッカ、まっちたらゆう、西洋で火ィ点《つ》ける道具がおまっしゃろ……そうそう小《ち》さい木の先に火ィの点く薬を塗ってあるやつでんナ……北の新地の芸者がナ、そのまっちを袂《たもと》に入れて歩いてたところ、急に火ィが点いて大騒ぎ……さいな、つい昨日の話だ……」

という具合に『まくら』で客を惹きつける。

東京でも大阪でも寄席では、毎日入れ代わり立ち代わり何人もの噺家が高座に上がる。

寄席を何軒もかけ持ちする噺家もいる。

高座にどの噺をかけるかについてはネタ帳で確かめられるが、『まくら』までは噺家同士で細かな打ち合わせなどできない相談だ。

ときには前に上がった噺家と話題が重なることもある。『ネタがつく』と称される成り行きだ。

大阪の寄席では『ネタがつく』と、袖に控えた前座が小さな音で鐘をチンチンと鳴らして噺家に知らせる仕組みになっている。

出囃子といい、見台小拍子といい、前座の鐘といい、大阪の芸人たちの貪欲さには恐れ入るほかはないと朝馬は思っている。

が、円朝の芸だけは別だ。

円朝は最初、芝居噺で売った男だ。声もよく通り、舞台を一杯に使う仕草の大きい芸風を、扇子《せんす》と手拭いだけの素噺という地味な『型』に押し込めたとでもいおうか。

素噺の円朝は、よっく耳を澄まさなければ聞こえないほどの小声で語り始める。

そして聞くうちに、円朝が封じ込めた情念や凄味が吹き出してきて燃え上がり、聞く者の背筋を凍《こお》らせる。

（まあ、おめえさん方も一度聞いてみるがいいや……）

朝馬は皮肉まじりに心の中で大阪の噺家たちに呼びかけた。

いつのまにか火鉢の周りでは、

「そりゃ、『立ち切れ』やろ」

「いんや、何ちゅうたかて『三十石』やがナ……」

という声が飛び交《か》っている。

どうやら『落語の中の落語』は何か、という話題に移ったらしい。

『立ち切れ』は、大家《たいけ》の若旦那と芸者の悲恋を描いた大作。

『三十石』は上方落語界に君臨する大看板、藤兵衛の師匠こと桂文枝の十八番《おはこ》で、囃子も駆使して船旅を描く大阪落語らしい演目だ。藤兵衛の師匠には、金に困ったとき、持ちネタの『三十石』を質入れして工面したという逸話もある。

(フン……『落語の中の落語』かぁ……)

朝馬も芸に関する無駄話は嫌いではない。

大黒亭の楽屋に似合わぬ青臭い議論は、どうやら達磨の屏風の向こう側に感化されて始まったようだ。

「おいらにとって『落語』てのは、なあ……」

声には出さず心のうちで呟《つぶや》きながら朝馬が顔を上げると、いつのまに姿を現したのか、河童頭の前座がさも嬉しそうなニコニコ顔でかしこまっていた。

2

先日、隠居から河童頭の前座の話は聞いている。

(おいでなすったか……)

薄暗い蕎麦屋の小上がりで話を聞いたときには薄気味悪くもあったが、このごった返した楽屋に現れた河童頭の前座は少しも怖くなかった。

朝馬は心のうちで河童頭の前座に語りかけた。

「おめえも落語のために死んだんだもんなァ……師匠連中の四方山話《よもやまばなし》を聞きたくって出てきたのかい」

河童頭の前座は痴《こけ》のようなニコニコ顔のまま答えた。

「今日は、あ、あ、あちらの師匠をお迎えにあがったンで……」

そう言われて朝馬は改めて達磨の屛風に目をやった。

相変わらず顰めっ面をした達磨が、柳腰の美女の膝枕で耳掻きをしてもらっている。

屛風の向こう側から何やら声が聞こえた。

前座が慌てて屛風の向こう側に飛び込んだかと思うと、すぐに湯呑みを持って出てくる。

急いで新しく白湯を入れた湯呑みを用意すると、再び屛風の向こう側に消えていく。

前座たちの気の遣いようは並たいていではない。

屛風の向こう側からコホンコホンという乾いた弱々しい咳が聞こえた。

どうやら白湯を頼んだのは咳の持ち主らしい。

楽屋に隠居が姿を現した。

いつものように朝馬から少し離れたところに腰を据える。

居住まいを正しながら朝馬に声をかけてきた。

「今日は楽屋も客席も、エラい人出でんなァ……」

朝馬は挨拶を返す代わりに、だらりと両手を胸の前に垂らして見せた。

隠居は「んッ」と目をむくと、舌先をべぇぇと少しだけ覗かせた。

声には出さず「また幽霊《ゆうれ》ン……出てまんのか……」と朝馬に問いかける。

隠居は、朝馬が怖がっていないので安堵したようだった。

表情をゆるめて朝馬に話しかけてきた。

「今日は札止めやそうや。そうそう、なんでも、藤兵衛のお師匠はんも来はるゆうてたデ」

「へええ……文枝師匠が……出番もねえのに、わざわざ……」

屏風の向こうから再び辛そうな咳が聞こえてきた。

「何や、屏風の達磨サンが咳ィしてるみたいやなァ」

隠居の呟きに周囲から小さな笑いが漏れた。

たしかに、美女に耳掻きをしてもらっている厳《いか》つい達磨が漏らした咳のようにも聞こえる。

また達磨が咳をしたが、今度は誰も笑わない。

隠居はじっと達磨に目を凝らしている。

屏風の裏側まで貫《つらぬ》いてしまうような目つきだ。

朝馬には隠居の心の声が聞こえたような気がした。

「哀《あわ》れなこっちゃなァ……気の毒に……」

今日は客だけではない、大阪中の名のある噺家が大黒亭に押しかけていた。

皆の目当てが屏風の向こうで咳をしている。

大黒亭の入口には大きな看板が掲げられていた。

『本日　桂吉宵《かつらきっしょう》　高座相勤申候《こうざあいつとめもうしそうろう》』

桂吉宵は、三十代半ばにして次代の上方落語を担うと目《もく》されていた逸材だ。

惜しくも病に倒れ、余命いくばくもないとの見立てらしい。

今日は本人たっての希望の高座だった。

この吉宵という噺家が高座に上がるというだけで、大黒亭のような小さな寄席に人の波が押し寄せている。

吉宵ほどの人気芸人ならば、法善寺の金沢亭なり紅梅亭なり一流の寄席での出演がしかるべきであったろう。

だが、もはや吉宵には住まいから法善寺まで出向く体力が残されていなかった。

大黒亭は、吉宵の住まいから一番近い寄席だった。

大黒亭への楽屋入りも、弟子たちが大八車に寝かせて運び込むというありさまだった。本人も周りの者たちも、今日が名残の高座になると覚悟している。朝馬は目の前の河童頭の前座に「おめえは、吉宵サンが彼岸《そっち》へ行くんで嬉しいんだな」と水を向けた。

河童頭の前座は笑顔を浮かべたままうなずいた。

楽屋では落語談議が続いている。

屏風の向こう側に控える吉宵に向けた噺家仲間からの手向けのようにも聞こえる。

「うん、『落語の中の落語』っていやあ、なあ……」

朝馬は河童頭の前座に語りかけた。

「落語ってなァ、ただ面白可笑《おもしろおか》しいだけの代物《しろもの》じゃねえと、おいらは思ってるんだ」

朝馬は屏風の向こうの吉宵に問いかけるような口調で言った。

トリに上がる吉宵が選んだ演目は『長刀息子《ながたんむすこ》』だった。

上方噺なので朝馬も中身は知らない。

(落語は、おっかねえもんだ。そうだよなァ、吉宵サン。『長刀息子』も、やっぱりおっかねえ噺なのかい……)

心の中で吉宵に呼びかけた朝馬は、今度は河童頭の前座に向かって言った。

「おいらにとっての『落語の中の落語』は、『粗忽長屋《そこつながや》』だ。あんなにおっかなくって、そうして悲しい噺は他にはねえよ」

3

粗忽長屋

おいらには分かんねえんだ。

昨日《きのう》もだよ。

おいらは風呂が好きだから、湯屋《ゆうや》に入《へえ》って温まってたら、お湯がぴりぴりときやがって……だんだんケツが痒《かゆ》くなってきやがるン……。

あんまり痒《かい》いから我慢できなくって、ケツをボリボリ掻いたら、隣のおじさんに拳骨《げんこ》で頭をどやされたよ。

「馬鹿野郎。何だって他人《ひと》の尻を掻きゃがるんだ」って。

アハハハハ……可笑《おか》しいや。

湯屋でケツを掻いたら、隣のおじさんのケツだったって。

アハハハハ。

でも、おいらにも分かんねェんだ。

どうして、隣のおじさんの尻を掻いちまうんだろう……。

どうして、おいらはこうなんだろう……。

ガキの頃から親爺《おやじ》によく叱られたっけなァ。

「なんだっておめえは、いつも薄ぼんやりしてやがるんだ」って。

使いに行かされても、すぐに用事を忘れちまうもんだから、そのたんびに親爺は怒ったよ。

親爺は大工《でえく》だったから、道具の釘抜《エンマ》きを取り出してきやがン……。

おいらの尻をエンマでギュウギュウ絞め上げて「このガキは……痛けりゃ思い出しやがれ」って……。

おいらは痛くて、ギャアギャア泣いているうちにやっと思い出したよ。

用事を聞くのを忘れて飛び出していった、って。

アハハハハ……可笑しいや……可笑しいねぇ……。

朝馬は河童頭の前座に訊ねた。

「粗忽《そこつ》な野郎って、どこにでもいるだろう」

河童頭の前座は『粗忽』の意味が分からないのか、首をわずかに横に傾けて困っている。

「『粗忽』ってなあ、そうさな、大阪《こっち》の言葉でいやあ、『きょとの慌て者《もん》』ってトコか」

河童頭の前座はようやく得心がいったらしい。顔中を崩して笑っている。

「楽屋にもずいぶん間抜けな奴がいるだろう。おいらが前座の時分にもいたっけなァ……」

御一新以前《まえ》、朝馬がまだ子供の前座時代だ。

朝馬は十歳を過ぎたばかりで、天保から弘化に代わるか代わらないかの頃だ。

楽屋に新しい前座が入ってきた。

芸人の世界では、序列は年齢でなく入門順に決まる。

新入りの前座は、朝馬よりずっと年嵩《としかさ》で、背がひょろ長かった。

年頃からして前髪を落としていてもおかしくないはずなのに、半人前の髪型をしているところが滑稽であり、また見苦しかった。

ほうぼうの商人《あきんど》や職人のところに丁稚《でっち》下働きとして勤めたが、どこでもすぐに暇を出されたという。

しょうことなしに芸人の世界に流れ着いたらしい。

なるほど、楽屋でも気が利かない。

ずっと年下で、前髪どころか河童頭や唐子頭の先輩たちにも顎で使われて、うろうろしている。

「あれをしな、これをしな」と命じられるままに、ひょ、ろ、長い図体《ずうたい》で狭い楽屋をよ、た、よ、たと動き回る姿は子供心にも哀れに見えた。

あるとき楽屋で師匠が「おい、雨が降ってきたみてえだな。誰か表を見ておいで」と命じた。

件《くだん》の前座が「へえい……」とか細い声で返事して表に駆け出していく。

と、いつまで経《た》っても戻ってこない。

どうしたのだろう、と朝馬や朋輩たちが見に行くと、件の前座は寄席の前で、ただぼんやりと口を開けて往来を眺めていた。

『表を見ておいで』と命ぜられ、文字どおり『見ていた』のだ。

そうこうするうち、ひょろ長い前座の姿は楽屋で見かけなくなった。

その行方《ゆくえ》は誰も知らない。

「おいらは『粗忽長屋』を演《や》るたんびに思うのだ……誰も好《す》き好《この》んで粗忽者や慌て者になるわけじゃねえ……もしかしたら、粗忽者や慌て者からすると、おいらたちが何でもねえと思っているこの世の中ってやつが、お、っ、か、な、く、て堪《たま》らねえんじゃねえかって……」

朝馬はこの年になっても、年嵩のひょろ長い前座が寄席の前に立って、ただぼんやりと雨の往来を眺めていた姿が忘れられなかった。

粗忽者の目に映る風景は、当たり前の者たちとはまったく違う色をしているのではないか。『世間』と呼ばれる人々の営みや町の貌《かたち》は、朝馬たちが想像もつかぬほど恐ろしい形相で粗忽者に迫っているのではないか。

河童頭の前座は、相変わらずのニコニコ顔で朝馬を見ている。

朝馬の思いをすべて見透かしているような笑顔だった。

朝馬の盆の窪から背筋にかけて、ぞっとするような冷気が走った。

4

中入り前に藤兵衛の師匠が楽屋に顔を出した。

五十半ばの藤兵衛の師匠こと桂文枝は、小柄だが肉づきのよいがっちりした体格をしている。

噺家になる以前《まえ》は、家具をこしらえる職人だったというのもうなずける。

名跡の『文枝』は、元は『フミエ』と読んだという。

藤兵衛の師匠が「フミエやと、女と間違えられてかなわん」という理由で『ブンシ』と読み換えさせた。

身体つきだけではなく性格もいかにも剛直な職人らしい師匠だ。

師匠は顔中あばただらけで、まるで夏蜜柑の皮のようにデコボコしている。

あばたさえなければ、いや、あばた面《づら》でも、かなりの男っぷりである。

藤兵衛の師匠は楽屋に姿を現すと、すぐに屏風の向こう側に入った。

大阪の落語を背負《しょ》って立つ逸材と目されながら病に倒れた吉宵との、今生《こんじょう》の別れのつもりなのだろう。

楽屋にたむろしている他の芸人たちも、藤兵衛の師匠の手前を憚《はばか》って口をつぐんでいる。

高座で演じられている落語に交じって、達磨の屏風の向こう側からボソボソ声が聞こえるばかりだ。

藤兵衛の師匠が屏風から出てきた。

「ホナ、わては、他所《よそ》でチイッとナニがあるで……去《い》なしてもらうワ……あんサンも、せいぜい養生して……ナ……」

藤兵衛の師匠を見送るために屏風の向こうから、男の顔がひょいと覗いて、すぐに引っ込んだ。真ん中で分けた髪をきちんと撫でつけているその様子は、一見、学者先生のようだ。

秀でた額が目をひく。元来色白なのだろうか、滑らかな象牙色の顔が、薄暗い楽屋の中でひときわくっきりと浮かび上がる。屏風から突き出した顔のところだけ不吉な燐光を放っているように見えた。

秀でた額の下の眼窩《がんか》は、げっそりと落ち窪んでいる。

まるで髑髏《どくろ》に薄い滑らかな皮膚を貼りつけたようだった。

屏風から突き出た顔は、口を動かして何か言ったが、朝馬の耳には届かなかった。

「へェ、おおきに……わざわざ、ありがとうサンでございます」とでも言ったのだろうか。

藤兵衛の師匠が出ていくのと入れ違いに、楽屋中にぷうんといい匂いが漂った。

「藤兵衛のお師匠はんから楽屋の皆さんへ誂《あつら》えでございます」と、まむしの重箱が運ばれてきた。

切腹を忌み嫌って、鰻《うなぎ》を背で裂き、いったん蒸してから焼く江戸風とは違い、大阪では腹を裂いた鰻を蒸さずに焼く。

歯ごたえは江戸風に比べると堅いが、香ばしさは比べようもない。

前座たちが手分けして楽屋に居合わせた芸人たちに鰻重と茶を配って回る。

思わぬ鰻重の振る舞いに、楽屋はいつもの活気を取り戻したかのようだった。

朝馬にも「へイ、師匠」と重箱が差し出された。

「オゥ、ありがとよ。いただくヨ」

朝馬は両手を合わせて重箱を受け取った。

夏のあいだの素麺腹が、久しぶりに調子を取り戻してくれればいいのだが。

朝馬に饅重を運んできた前座は、なぜか渡し終えても立ち去らない。

もじもじと朝馬の様子を窺っている。

前座の中では一番の年嵩《としかさ》で、羽二重餅のようにぷよぷよと柔らかそうな頬《ほ》っぺたの持ち主だ。

東京《あっち》の楽屋でいえば、前座たちを取り仕切る『立《たて》前座』という格だった。

朝馬は重箱の箱を開けようとした手を止めた。

「何だい、前座サン……おいらに何《なん》か用《よう》事かい」

羽二重餅は「ヘッへ……」と商家の手代のようなお追従《ついしょう》笑いを漏らす。

朝馬に頼み事でもある様子だ。

「実は……何でございまス……ナニがナンで、困っとりまして……」

「なんだか分からねえナ」

「ヘエ……実は、カブリの師匠が急に具合が悪くならハリましてン……で、朝馬師匠にお願いを、と思いましてン……」

中入りの休憩直後の高座は、東京では『くいつき』、大阪では『カブリ』という。

中入り直後は、客席も落ち着きを取り戻してはいない。

ざわざわと騒がしい中に出ていかなければならないカブリは、出番としては損な役回りだ。

大阪に来た当初の朝馬は、客分としての扱いを受け、出番も厚遇されていた。

中入り前の《中トリ》をまかされたりしていたが、しだいに周囲の目は冷たくなっている。

出番も浅くなっていたが、さすがにカブリにあてられた経験はなかった。

おおかた困った羽二重餅に「カブリが居《お》れヘンて……エエがな……お江戸のお師匠はんに頼んだら……ハハハ……」とでも入れ知恵した若手の真打ちがいたのだろう。

朝馬はギュッと口を結んだまま重箱の蓋を開けた。

旨そうな湯気の香りが鼻腔《びこう》をくすぐる。

「いいよ。承知した」

羽二重餅は、朝馬の軽い口調に拍子抜けしたかのようだった。

「へえッ……」と間抜けな声で膝を進める。

事としだいによっては「どォしておいらが、間抜けな出番《でば》の助演《すけ》をしなけりゃならねえンでぇ」と、けんつくの一つも覚悟していたのだろう。

「じ……じゃあ、カブリに出演《で》ていただけるンで……」

「かまわねえヨ……トリの吉宵サンさえ承知なら、な」

近頃では始終、鳩尾《みぞおち》が痛む。

胃の腑の壁を内側から突き刺すような痛みがあるので、固形物はなかなか食べる気になれない。

果たして素麺腹が鰻を受けつけてくれるだろうか。

元々、鰻は朝馬の大好物だ。

朝馬は重箱に詰まった飯を掘り起こすように箸を突っ込んだ。

大阪の鰻重は、鰻の身は一番上に載っているだけではない。

二寸ほどに切られた鰻が飯のあいだにも挟まれている。

鰻を飯にまぶすようにして食べるから、大阪の鰻重は『まむし』と称される。

朝馬は鰻を口に放り込んだ。

江戸の鰻よりしっかりした歯ごたえだ。

焦げとタレの風味が混じった香ばしさが堪《たま》らない。

胃の腑も怒ってはいないようだ。

「まかしときナよ、吉宵サン……あんたが出演《あが》る前《めえ》に、おいらがよっく客を温《あった》めといてやるからヨ」

朝馬が独りごちると同時に、達磨の屏風の向こう側から再び顔がぬっと現れた。

やはり吉宵の顔は、青白くぼおっと光っている。

まるで燐光を放っているかのようだ。

吉宵の髑髏《どくろ》のように落ち窪んだ目はたしかに朝馬に向けられていた。

羽二重餅が、朝馬のカブリを吉宵に報告したのだろう。

吉宵は朝馬に向かって微《かす》かに目礼すると、すぐにすっと引っ込んだ。

朝馬は鰻重をかき込みながら、羽二重餅が持ってきたネタ帳をめくった。

『宿替え』あたりがすでに高座にかけられていたらと心配したが、幸い、粗忽者が主人公の噺はまだ出ていない。

朝馬は手元に置かれた濃い茶を口に含むと、ぐっとひと息に呑み干した。

口の中に残っていた鰻の濃い脂が一気に洗い流された。

5

アハハハハ……馬鹿な奴がいらァ……。

さっきから向かいの戸をドンドン叩いてやがン。

馬鹿だねえ。

いくら叩いたって無駄さ……向かいは、ずっと前《めえ》から空き家だ。

「熊は、いねえのか」って呼んでやがン。

しかし、熊って奴も、呼ばれたら応《こた》えてやりゃあイイじゃねえか。

気の利かねえ野郎だ。

あっ、熊は……おいらだった。

アハハハハ。

何でえ、隣の留公《とめこう》じゃやねえか。

おいらとは小《ち》せい頃からの友達だよ。

あいつも、そそっかしい奴だ。

おまけに乱暴者だから、始末におえねえ。

「おう、兄弟《きょうでえ》、今日は暑いなァ……」って、まだ菜の花も咲いてねえ陽気なのに、腕まくりして、でけえ声を張り上げやがるン。

「いや、まだ肌寒いぜ」とか何とか言い返そうもんなら、目ン玉ァ、でんぐり返るくらいにでっかくむいて「何をォ……おいらが暑いったら暑いんでえ」って威張《いば》りやがン。

面倒《めんど》くせえったらありゃしねえ。

ああ……頭がぼんやりするなァ……夕《ゆん》べは呑み過ぎちまったからなァ……。

ドンドンドンドン、戸を叩く音がうるせえや。

「おおい、留公やあい。おいらはこっちだぜ」

アハハハハ……きょとんとした面《つら》してやがらあ。

えっ……。

「いってえ、いつから転宅《うつ》りやがったんでえ」って。

「太《ふて》え野郎だ」って、おいらは知らねえよ。

ああ、留公の奴、こっちに来るよ……。

ずかずかと上がってきた。

ああ、留公、おはよう。

いい天気だね。

えっ……。

「天気なんざ、どうだっていい。こんな処《とこ》にふんぞり返《けえ》りやがって、おめえは太《ふて》え野郎だ」って、そりゃ無理だよ。おいらは、親父《おやじ》の代《でえ》からここに住んでるンだから。

「そうじゃねえ。だいたい、おめえは夕《ゆん》べはどこに居《い》やがった」って？

そりゃ、夕べは仕事が早終《はやじま》いだったんで、へっへ、おいらは吉原《なか》へ行ってたんだよ……。


朝馬は自分の演目を決めるために隠居から、吉宵が選んだ演目『菜刀《ながたん》息子』のあらましを聞いた。

二十歳《はたち》ばかりの息子がいる。

落語に登場する若い息子といえば、酒と女に溺れた道楽者と相場が決まっているが、『菜刀息子』の主人公は違う。

常に、何かに怯えているようにおどおどしている。

親と話をするときでも、まともに顔を上げられない。

噺の全編を通して息子は、顔を俯《うつむ》かせたままでいる。

上目遣いに怖い父親を窺いながら、「へィ」と答えるだけだ。

厳格な父親は、父親なりの愛情から息子に対して『いい若い者は、かくあるべし』という期待を抱いている。

父親は期待する姿と引き比べたときの我が子の情けなさに、つい言葉を荒げて叱責する。

息子はいっそう首を縮こませ、か細い声で「へィ」を繰り返すばかり。

なぜ、父親にここまで責められるのか理解できない。
息子は、心を閉ざして生きていくしかないように思える。
「毎日が地獄だったただろうなァ……かわいそうに」
朝馬は我が事のように同情した。

吉原《なか》へ行って……いや、登楼《あが》りゃしねえよ。そんなお銭《あし》があるものか。ぐるっとひと回り冷やかして、それから大門を出て……ホラ、観音さまの裏手にかけて夜明かしの屋台がずらっと出てるじゃねえか。あすこで一杯《いっぺえ》呑んだんだよ。

エッ、夜明かしで呑んだ後どうしたって？

何を食ったか何杯呑んだか、少しも覚えちゃいねえや……うん、かなり呑んだなァ……。

観音さまの境内《けいだい》に出たあたりで、何だか妙な気分になってきやがったン……グルグル、フワフワ……どこを歩いているのか、よく分からねえ具合《ぐええ》になってさ……。

仲見世を突っ切ったところまでは微《かす》かに覚えているが……アハハハハ……留公、笑っとくれよ。どこをどう通ってうちまで辿《たど》り着いたのか、さっぱり思い出せねえンだよ……。

エッ……何だって……。

留公、何を言うんだい……。

おいらは死んでるのかい……。

6

おおゥい、おまえはまたぼおっとしてるんじゃねえぞォ……大変《てえへん》だぁ。

今朝、おいらはあすこへお参りに行ったんだよ。ホレ、浅草の……何たっけなァ……お不動さま、じゃなくて、お稲荷さま、じゃなくて……ああ、焦《じ》れってえなァ……そう、カンカンさま、じゃねえ、観音《かんのん》さまだぁ……間違《まちげ》えンな、そそっかしい。

雷門へ差しかかったら、えれえ人だかりだよ。一番後ろから覗こうったって見えやしねえ。周りの奴らに「中で何があるンですか」と訊いたら、「犬が交合《つる》んでいる」やら、「巡礼の姉《きょう》弟《でえ》が親の仇《かたき》に出会った」とか、「乞食《こじき》のお産」なんて、ワケが分からねえ。

しっかりしたおじさんがいて「さあサ、見せ物じゃねんだから……関係ねえ人はさっさと前を空けておくれよ……なるたけ大勢に見てもらったほうがいいんだから」なんて言って取り仕切ってる。

「何があったんですか」って訊くと、「いき、い、いきだおれだヨ」ってテン。

「いきだおれが、今から始まるの」って訊いたら、「おまえさん、行き倒れを知らねえのかい」って……。

「とにかく、前へ出てご覧なさいよ」てぇから、前の人の股座《またぐら》ァくぐって、ようやく前に出てみると、汚《き》ッたねえツラをした野郎が倒れてやがるン……。

「この人、どうしたの……寝てンの？」

「そうではない、行き倒れだ。死んでるんだよ」

「じゃあ、死に倒れじゃねえか」

と言いながら、い、い、いきだおれって奴の顔を見て、おいらぁ驚いた。

「く……熊じゃねえか！」

おいらは、い、い、いきだおれの肩をつかんで抱き寄せたね。

「熊……熊ァあああ……」

さっきのおじさんが、後ろから声をかけてきてよ。

「熊、と声をかけているところを見ると、お知り合いか」

「お知り合いなんてもんじゃねえ。ガキの時分からずっと一緒だった兄弟分《きょうでぇ》だぁ。『生まれるときは別々だが、死ぬときも別々だぜ』って、誓い合った仲でサ……」

おじさんはホッとした顔をしてたよ。

「お知り合いの方に出くわして本当によかった……で、この方にお身内は……おかみさんとかは、いなさるのかい」

「いんや、薄呆《うすぼ》けた野郎ですから、かみさんなんかいるものか。エッ……親兄弟《きょうでえ》って……。

熊は早くに親に死なれ、兄弟もない。天涯孤独の身の上でサァ」って、おいらぁ威張ってやったぁ……。

そしたら、おじさんは困った顔をしやがって……。

『お身内の方がいなければ、はてさてこの始末をどうつけましょうかな』って……。

で、おいらはおじさんに言ってあげたのサ。

『心配するにはおよばねえ。本人を連れてきますから』って」

「留公よぉ、おめえ『本人』ったって……」

「焦《じ》れってえなァ……おめえだよ」

「エッ……エエエエッ！」

「でけえ声を出すんじゃやねえ」

留公はいやに落ち着いた声でおいらに言うン。

「おめえは、もう死んでるんだヨ」

死んでる、ったって、おいらぁ、ちゃんと生きているんだがなァ……そりゃ、死んだことはないから、死んだらどんな気分になるか知らねえけど……。

ああ、たしかにこう、ぽおっとしてるんだが……なるほど、留公の言うとおり、おいらは死んだのかもしれねえや。

そうと決まったら、早く雷門に行かなきゃ。誰かに先を越されておいらの死骸《しげえ》を持ってかれるといけねえヤ。

おおい留公、一緒に行っておくれヨ……独《ひと》りで行くと、なんだかきまりが悪くってサ……。

ナニ、従《つ》いてきてくれるのかい。すまねえナ。やっぱり留公はおいらの友達だぁ。恩に着るぜ。

7

父親に叱られて、息子はただただ身体を縮こませているだけだった。

一方的に責め立てる父親に、口答えも言い訳もしようとはしない。

ときおり上目遣いに父親を見上げ、「へィ」とだけ答える。

父親は息子の怯《おび》えた目の色と頼りない「へィ」の返事に、いっそう苛立ちを募らせていた。

ある日、父親は紙を裁《た》ち切るため、息子に長めの包丁を買いに行かせた。

ところが息子は、紙裁ち包丁の代わりに、菜を切る菜包丁《ながたん》を買ってきた。

息子の言い間違いか、包丁屋の早とちりかは分からない。

「どうして菜包丁を買《こ》うてきたのじゃ」

と厳しく問いつめる父親。

息子はただ「へィ」を繰り返すばかり。

「よしんば、包丁屋が間違えたにせよ、『これは誂《あつら》えた包丁ではありません。そちらの聞き違えでございましょう』ぐらいの応対が、なぜできなかったのじゃ」

父親の理詰めに息子はいよいよ窮し、深く項垂《うなだ》れた。

上目遣いに父親を見上げる息子の哀れで悲しい目つき。

傍《かたわ》らで気を揉みながら聞いていた母親も取り繕う術《すべ》がない。

「こんなことでは世の中を渡っていくことなど、とうていできわせぬわい！」

父親は息子を怒鳴《どな》り始める。

「もおええ。出ていきなはれ。出ていって、世間さまをよく見てきなはれ！」

息子はしおしおと座を立った。

普段は夕餉《ゆうげ》の時分になると、呼ばれなくても膳の前に着く息子が姿を見せない。

さすがの父親も不安顔だ。

「お婆さんや……倅《せがれ》の姿が見えませんが……」

「あんさんがあないに叱りつけたものやから……けど、そのうちお腹が空いたら戻ってきますやろ」

だが息子はその日以来、ふっつりと姿を消してしまった。

怒りにまかせて『出ていけ』と言った父親の言葉どおりに振る舞った結果だった。


朝馬は、隠居から『菜包丁息子』のあらましを聞き終えて嘆息した。

「あああ……せつねえ噺だねえ」

師匠の言葉を額面どおりに受け取ってしまった朋輩の姿が蘇《よみがえ》る。

「外を見てこい」の言葉どおり寄席の入口に立ったまま、雨の往来をぼおっと眺めていた。

『菜包丁』の息子も同じように、言葉を推し量る能力に欠けていたのだろう。

言葉を額面どおりにしか理解できない者にとって、世の中は理不尽で恐ろしいに違いない。

隠居が朝馬を慰めるような口調で言った。

「ま、最後に双親《ふたおや》は、天王寺サンで乞食をしてる息子に再会するのだす。お能の『弱法師《よろぼし》』の趣向でんナ」

能をよく知らない朝馬は『弱法師』という演目も初耳だったが、黙ってうなずいておく。

いつのまにか河童頭の前座は姿を消していた。

すでに中入りだ。

中入りが明けたら朝馬の出番だ。

朝馬は立ち上がると、両手を突っ張って羽織の袖をぴんと伸ばした。

帯の結び目を確かめる。

鰻のおかげか、いつも苦しめられている鳩尾《みぞおち》の痛みも治まっている。

朝馬は心の中で屏風の向こうの吉宵に向かって呟いた。

「あんたは、この世の名残に『菜包丁息子』なんていう、おっかねえ噺を演《や》んなさるんだねえ」

屏風の達磨が、美女に耳掻きをしてもらいながら大きな目玉で朝馬を睨《にら》んでいる。

「おいらも、恐ろしい噺を演《や》るヨ。自分の死骸《しげえ》と対面させられる男の噺だ」

8

うわぁ、留公よお、人が大勢だねえ……こん中でおいらが死んでるのかい……。アハハハハ……なんだか照れちまうね。

前に出なけりゃ。

御免なさいよ、ちょいと通してくんなせえ。ちょいと通して……「押すないッ」って、怖《こえ》え顔で睨みつけなくってもいいじゃねえか。

いえね、中のい、い、い、いきだおれに縁のある者《もん》なんですよォ。

「行き倒れの身内かい」って……身内なんてもんじゃねえ。

おいら、当人だよ。

何でェ……みんな苦《にげ》えもんでも呑み込んじまったみてえな変てこな顔をして……道ィ空けてくれたよ。

ようやく前へ出られたよ。

あっ、例の世話をしてくださったおじさんだね。

うん、おいらからもお礼を言わなきゃ。

「留公から聞きました。色々とご面倒をおかけしまして、ありがとうございい……」

何だい、おじさんも変な顔をしているよ。

「ややこしい人が、また一人増えたよ」って、こぼしてる。

菰《こも》をかけられて寝てるンが、いいきだおれだね……捲《めく》るヨ……いいかい？

ああ……胸がドキドキしてきたよ。

自分の死骸《しげえ》にお目にかかるなんて、おいら、初めてだからなァ……。

開けるよ、そおらッ。

うわぁあ！

汚《きった》ねえ顔だなァ……真っ黒けだあ……ロィぱかっと開いて、舌《べろ》がでろりんと伸びてやがン
……白目ェむいて、アハッ、すげえ顔だね。

留公、ねえってば、留公よぉ。

おいら、こんなに顔が長かったっけなァ……もう少《ち》っと、顔の寸は詰まっていたような……

あっ、なるほど。

ひと晩、夜露にあたって延びたんだ。

さすがは留公、頭がいいや。

うん、こいつァ、たしかにおいらだ。

おい、どうしたんでェ。しっかりしろよ。

だめだ。

肩ァ揺すっても、首をガクガクさせるだけだ……。

おい、おいら……どうしてまた、こんなところで……。

いけねえ、留公よぉ……涙が出てきたよ……。

おいら、自分の死骸《しげえ》を見ていると、涙が出て止まらねえよ。

ああ……頭がクラクラする。

周りの景色も、歪《いが》んで見えてきた。

自分の死骸が目の前にあるなんて、おいら、怖《こえ》えよお……。

周りの人たちがゲラゲラ笑ってらぁ……おじさん、世話をしてくれたおじさん、そんな目で
おいらを見ないでおくれよ。

そんな気の毒そうな目でおいらを見ないで……。

目が回る……目が回る。

どっちが上だか下だか、右だか左だか分からねえ。

目がグルグル回るよ。

みんな、そんなにおいらのことを笑わないでおくれよ。

可哀想な目で見ないでおくれよ。

留公、留さん、いるかい。

どこにいるんだ。

教《おせ》えておくれよ。
おいらに抱かれている死骸は、たしかにおいらだけど……抱いているおいらは、いったい誰なんだろう……。

カブリの高座を終えて楽屋に戻った朝馬は、胸元をくつろげて風を入れた。
胸元が大汗でぬらぬらしている。
藤兵衛の師匠の差し入れの鰻重のせいだけではない。
「少《ち》っとばかり、張りきりすぎたか……柄《がら》にもねえ……」
前座が茶を運んでくる。
「お疲れさまでございました」
前座は丁寧に頭を下げた。
いつもなら、高座から降りても放ったらかしにされているから、珍しい扱いだ。
茶を運んできた前座が朝馬の顔を上目遣いにちらりと見上げた。
少しばかり尊敬の色が浮かんでいるように見える。
楽屋中の芸人たちも朝馬をちらちらと窺っている。

「なんでえなんでえ、おいらの顔ン中に祭りの行列でも通ってやいめえし……」

心の中で毒づいた朝馬だが、悪い気はしない。

朝馬の高座は客を沸きに沸かせた。

東京で食い詰めて大阪に流れてきたセコな噺家と見なされていた朝馬が、大阪で初めて見せた腕に楽屋中が驚いているようだ。

隠居が声をかけてきた。

「朝馬はん、ずいぶん張りきらはって」

朝馬は照れ隠しに「へへっ」と短く笑った。

「『くいつき』にしちゃ、ちょいと温《あ》ったため過ぎたかナ……」

「いえな……吉宵はんの『菜包丁息子《ながたん》』が地味な噺でっさかい、ちょうどデンな」

「今、演《や》った噺は町人の粗忽者だが、侍《さむれえ》の粗忽者が出てくる『粗忽の使者』てえ噺もあるよ。

なにしろ『粗忽の使者』は円朝が……」

「上手《うめ》えのなんの」と続けようとして、朝馬は言葉を呑み込んだ。

胃の腑にきりきりと鋭い痛みが走ったからだ。

鳩尾《みぞおち》から苦味の塊《かたまり》が込み上げてくる。

朝馬は慌てて目の前の茶を口に含んだ。

口に含んだ埃《ほこり》っぽい茶を呑み込もうとするが、胃の腑を突き刺す痛みと込み上げてくる苦味の塊とが邪魔をする。

朝馬は手拭いで口に含んだ茶を受けた。

「ちょ……朝馬はん……大事ないデッか！」

隠居の驚いた顔が朝馬の前で揺れる。

身体を二つ折りにして鳩尾《みぞおち》をかばうと、少し楽になった。

朝馬は手拭いを口に当てたまま顔を上げて隠居にうなずいた。

「こないに脂汗が……」

隠居は前座に命じて水で絞った手拭いを持ってこさせる。

高座には色物の紙切りが上がっている。

紙切りの後は、いよいよ吉宵の出番だ。

この世の名残の高座だ。

達磨の屏風の向こう側が騒がしくなった。

人影がゆらりと、屏風の背丈を越して立ち上がった。

髪を綺麗に撫でつけた横顔が楽屋の薄明かりに浮かぶ。

秀でた額が青白く光っている。

額の下の眼窩は髑髏《どくろ》のように落ち窪み、まるで幽鬼のようだ。

弟子たちが吉宵の両脇を支えている。

屏風に隠れて見えないが、吉宵の足は、すでに地を離れているかのようだ。

高座まではほんの十数歩の歩みだが、吉宵が歩いて辿《たど》り着けるか心許《こころもと》ない。

前座の一人が高座の紙切りに合図を送った。

紙切りは芸の締めにかかる。

高座に上がる芸人の名を記しためくりが替えられる。

『吉宵』の名に鮨詰めの客席から唸り声とも嘆息ともつかない声が静かに上がった。

下座《げざ》が吉宵の出囃子を始めた。

吉宵の出囃子は『外記猿《げきざる》』だ。

猿回しが武家屋敷に呼び入れられて猿に芸をさせる様子を描いた長唄だ。

隠居が感に堪《た》えかねたような呟きを漏らした。

「ああ……もう大阪の寄席で……『外記猿』は聴かれへんのやなァ……」

達磨の屏風から吉宵の身体が滑るように出てきた。

扇子を右手に握りしめた吉宵は、高座に目をまっすぐ向けたまま、ゆっくりと歩を進めていく。

朝馬の鳩尾の激痛は治まらない。

(吉宵サンを見送りてえ……)

朝馬は身体を二つ折りにしたまま顔だけ上げた。

「あれっ……あいつじゃねえか……」

高座への上がり口に河童頭の前座が立っていた。

河童頭の前座は、さも嬉しそうに笑いながら吉宵を手招きしている。

踊り出しそうな身振りだ。

まるで仲間が増えて嬉しくて堪《たま》らないかのようだ。

吉宵は河童頭の手招きに魅せられたかのように、最後の力を振り絞って高座に上がっていく。

河童頭は吉宵を手招きしながら朝馬にも目を向けた。

「お江戸のお師匠《ししょ》はんも……じッきにナ……」

吉宵の今生の別れの晴れ姿に客席から大きな拍手が沸き起こる。

吉宵は『外記猿』に送られて最期の高座に着いた。

第四席

二《に》階《かい》ぞめき

1

楽屋では相も変わらず竹之助が喧《かしま》しい。

万年中座《なかざ》でロクに食えていないはずなのに、でっぷりと肥えている。

栄養が行き届いているからではなく、垢太りだろうと、口の悪い楽屋連中は陰口をたたいている。

竹之助の口にする話題といえば、おおかた女郎《おやま》買いに決まっている。

堀江や松島あたりの安女郎買いの体験談を得意満面、口の端から涎《よだれ》を流さんばかりにだらだらと話し続ける。

さすがに前座たちも、とりとめもなくつまらぬ話を聞かされて迷惑顔になっている。

懲《こ》りない竹之助は、前夜の松島の敵娼《あいかた》の床技を自慢した後、したり顔で前座たちを見回した。

「あんさんらも、ああゆう遊郭《とこ》には行っとかなアカんデ。何事も勉強でっさかい」

いい年齢《とし》して万年中座でくすぶっている竹之助の説教に、聡《さと》い連中はくすぐったそうな顔をしている。

「せやけど、ぞめきだけでは、アカん。きちんと銭ぃ払《はろ》うて登楼《あが》らなアカん。ぞめきや冷やかしは、ホンマの遊びやないさかい」

ぞめきや冷やかしは、登楼せずに色町をただ歩くだけ。

見世に出ている女郎を外から眺め、ときにからかう。

ひと通りの遊びに飽きた者の通な遊びとされている。

朝馬は今日も胃の腑の痛みに耐えきれず、楽屋の隅で身体を二つ折りにしていた。

胃の腑の痛みはいっこうに引きそうにない。

額や首筋、胸には、いつもべとついた脂汗が滲《にじ》んでいる。

なんとか痛みを騙《だま》し騙し高座に上がっているような塩梅《あんばい》だ。

猥談めいた女郎買いのくだらない自慢話など聞きたくもないが、竹之助がいつになく力のこもった声を張り上げているので朝馬は顔を上げた。

楽屋連中の話し声が耳に入るにまかせていた朝馬だったが、珍しく竹之助の言葉がストンと腹に響いた。

少し離れた火鉢の前に腰を下ろしていた隠居も同じ思いだったようである。

〽声高く　下向の衆《しゅ》の　騒《ぞめ》き唄

享和生まれの隠居の浄瑠璃のひとくさりが朝馬の耳をくすぐる。
「『心中宵庚申《しんじゅうよいごうしん》』……近松《ちかまつ》ゆう古い古い作者の浄瑠璃《じょうるり》だす」
思わず口をついて出た浄瑠璃に隠居は照れくさそうに頭を掻いた。
「朝馬はん、ずいぶん痩せハッたけど、顔色はよさそうでんナ」
隠居の気遣いに朝馬は頭を下げた。
「ご心配をおかけしちまって……もうすっかりいいんでサ……」
実のところは、朝馬の体調《からだ》はさらに悪くなっている。
胃の腑に差し込む痛みはもう常になっている。
吐瀉物《としゃぶつ》に混じる血も以前は時たまだったが、近頃では毎度のことになっている。
大黒亭への出勤も久しぶりだった。
出勤前に髭をあたろうと床屋の鏡の前に腰を据えて、驚いた。
頬がげっそりと痩《こ》けている。
頤《おとがい》の形も変わり果て先細りになっている。
眼窩《がんか》は落ち込んで目玉が飛び出てきそうだ。
隠居も、朝馬の言葉をまともに受け取っているはずもない。
目に穏やかな微笑を浮かべ、黙ってうなずくばかりだった。

朝馬の体調とは裏腹に、大阪の町はいい時候を迎えていた。

季節は、凌《しの》ぎ辛かった夏から秋へと移っていた。

誰彼となく顔を合わせれば、「まだまだ暑《あつ》ゥおまんな」が挨拶だった残暑も終わると、大阪の町に吹く風は急に冷気を帯びてきていた。

朝馬が大黒亭に通う途中にある神社の大イチョウも、銀杏《ぎんなん》の実を落とし始めている。

イチョウの葉も、若々しい緑からみるみるうちに輝かしい黄金色《こがねいろ》に変わるはずだ。

このところ毎朝、近所の子供たちやおかみさん連中が集まり先を競って銀杏を拾っている。

炒《い》った銀杏の殻を割り、薄茶色の皮をむくと、艶やかな黄緑色の実が顔を覗かせる。

塩を振って口に入れれば、苦味と甘味が混じり合った風味が一気に広がる。

(おいらの胃の腑は、今年の銀杏を受けつけてくれるかなァ……)

朝馬は心に浮かんだ不安を振り払った。

気を取りなおして隠居に顔を向ける。

「そういや、結構な見舞いをいただいちまって……」

朝馬が頭を下げると、隠居は歯のない口を開けて笑いながら顔の前で手を振った。

「いえナ、河内長野《かわちながの》の在に知り合いがおましてナ……産みたてや言《ゆ》うて届けてくれハッたんだす」

朝馬は、余命いくばくもない桂吉甯が最期の高座をつとめたあの日、楽屋で倒れた。まだ暑い時分のことだった。

身体を横たえれば、それで一杯いっぱいの薄暗い棟割長屋《むねわりながや》の一室で、朝馬は胃の腑の痛みに耐え続けた。

痛みが薄らいだ頃合を見計らって重湯《おもゆ》を啜《すす》る。

もう少し具合がよければ、隣に住む婆さんに頼んで素麺《そうめん》を湯がいてもらう。

ただせっかく物を口に入れても、三度に一度は嘔吐《もど》していた。

そんなおり隠居が笊《ざる》に入れて持ってきてくれた鶏卵は嬉しかった。

「ありがたく半熟にしていただきやした。胃の腑にもよかったようで、ずいぶんと滋養がつきやした」

改めて礼を言う朝馬に、隠居は「朝馬はんはマメなお人やなァ……卵の半熟、こしらえはるんデッか」と感心していた。

「半熟にするの、なかなか難しおまっしゃろ……白身は固まっても黄身が煮えてへんかったりするン……」

「ええ、半熟にはコツがあるんで……」

そう言って朝馬は煙管《きせる》に莨《たばこ》を詰めた。

さて火は……と思って目を上げると、いつのまに姿を現したのか、河童頭の前座が朝馬の前にかしこまっていた。

久しぶりに河童頭を見ると、薄気味悪さより懐かしさが湧き上がってきた。

（野郎……相変わらずニコニコ笑っていやがるナ）

朝馬は心の中で苦笑した。

（おいらもいよいよ片足を彼岸《あっち》に突っ込んじまったか……）

2

やはり隠居には河童頭の前座は見えないのだろう。

隠居は手を伸ばして火を貸してくれた。

煙管から吸い込んだ煙を天井に向かって吐き出すと、朝馬の耳元に物寂しい音の風景が甦《よみがえ》ってきた。

東京がまだ江戸と呼ばれていた時分の吉原の風景だ。

「半熟卵の作りようは、ずっと前に吉原の卵売りから教わったんで……」

朝馬は真打ちになりたてだった。

登楼《あが》りそびれて、ただひたすら夜の色町を歩いていた。

真夜中、大引《おおび》け前ともなると、吉原はだいぶ静かになる。

ときおり客に責め立てられた女郎の淫声が低く尾を引いて伝わってくる。

遠くから新内流《しんないなが》しのよく通る声が流れてくる。

房事に疲れた客目当ての卵売りと出くわした。

朝馬とは気心の知れた仲だ。

卵売りいわく、

『半熟をお手軽にこさえようと思や、ぐらぐらに沸き立った湯ン中に卵を浸けて、三十数える。それから蛍火ほどの火加減で、今度は三百数えりゃ出来上がり』

さらに卵売りは、自分はもっと手をかけていると胸をそびやかした。

『どうにか我慢して手を入れられるくらいの熱さの湯に、卵を四半時（三十分）ほど浸けてこしらえるんでサ』

朝馬は隠居の顔をまじまじと見つめながらつけ加えた。

「手間はかかるが、黄身のとろみが堪《こた》えられねえ仕上がりになる。またそうやってこしらえた半熟は保《も》ちが違うそうで。師匠の卵はそうやっていただきやした」

隠居は「そんだけ手ェかけてくれはったんなら、持ってった甲斐があったゆうもんですわ」

と相好を崩した。

吉原中を歩き回る卵売りは、噂話にも詳しい。

卵売りの口から朝馬の馴染みの女郎《じょろう》の名が出た。

『熊造丸屋《くまぞうまるや》』という中見世《ちゅうみせ》の桔梗《ききょう》という女郎だ。

桔梗は、ふっくらとした顔立ちをしていて気立てもよく悪擦《わるす》れもしていない。

（そろそろ嬶《かか》ァでも……）と思うにつけ、朝馬の頭に真っ先に浮かぶ女だ。

朝馬はさりげない口ぶりで卵売りに噂話の先をうながす。

「あの桔梗って女郎《おんな》ンんとこに、円朝が通ってやす」

朝馬はつとめて平静を装って聞き耳を立てていた。

「桔梗も円朝にゃ大変な入れ込みようでネ……ったく、女郎を蕩《とろ》かしちまうんだから、いってえどんな手を遣《つか》うんだか見てみてえもんだ」

そう言って笑いかけた卵売りは、朝馬も桔梗の客だったと思い出したのか、首をすくめる。

「すまねえ、師匠。つい調子に乗っちまって……」

朝馬はことさらに声を張り上げて笑った。

「ナニ言ってやがんでェ……たかが女郎をあいだの立て引きじゃねえか。吉原《ここ》じゃよくある話サ」

卵売りに渡す煙草銭を袂《たもと》の中でさぐる手に、見世で借りた細い竹の煙管《きせる》が当たった。

円朝の顔が目の前に浮かぶ。

朝馬は袂の中の竹の煙管を片手でへし折っていた。


煙草を吸いつける朝馬に隠居が訊ねた。

「あんさんもお江戸、いや今は東京やそうやが……吉の原っぱゆうとこには、ずいぶん冷やかしに通いはったンでっしゃろナ」

「いやあ、おいらァ嫌いでね……あ、あ、い、い、う仕業は……」

「へえぇ」

隠居は大仰《おおぎょう》な声を上げて身体をのけ反《ぞ》らせた。

「ご婦人がお嫌いで……」

「よせやい、おいらァ、女ァ大《でえ》好きだヨ」

朝馬は笑って煙管の雁首を煙草盆の縁にポンと打ちつけた。

「女と、レコするのは好きだが……ぞ、め、き、だの冷やかしだのってのは、な……」

河童頭の前座は、朝馬の前にかしこまってニコニコ顔を向けている。

「ああいう遊郭《とこ》は、地獄だ……地獄をただ見て歩いて、何が面白えもんか」

3

桔梗の噂を耳にした後。

朝馬は、吉原の中見世『梶田楼』の女郎、愛人《あいひと》のもとへ足繁く通うようになった。

真打ちになった朝馬はそこそこ売れていた。

遊ぶ金には不自由しない。

梶田楼では朝馬は「薬種屋《くすりや》の若旦那」という触れ込みだ。

もちろん見世のほうでも朝馬の素性はおおよその見当がついていたはずだが、遣手婆《おばさん》も妓大夫《わかいしゅ》も面白がって合わせてくれていた。

遣手婆が奥へ向かって「愛人サン、薬種屋の若旦那が……」と声をかけると、愛人が笑顔で出迎える。

「おんや……こりゃ薬種屋の若旦那……」

実は「薬種屋の若旦那」は、円朝が吉原で遊ぶときに使う触れ込みでもあった。

円朝の子を産んだ女のもとに、円朝と同じ触れ込みを名乗って通う。

朝馬は梶田楼の戸を潜るたびに、快感とも痛みともつかぬ不思議な痺《しび》れを覚えずにはいられなかった。

朝馬の欲望の源は、円朝の子を産んだ女を抱くという歪んだ思いだ。

愛人の方も朝馬の素性はうすうす察しているようだ。

愛人は御一新以前《まえ》の武家育ちだ。

一方で、琴や胡弓、一中節に清元、踊りも達者とくる。

ときには朝馬が見よう見まねで覚えた三味線に合わせて踊ってもくれた。

糸をさぐりながら出鱈目《でたらめ》に爪弾《つまび》く朝馬の三味線に上手に合わせて踊る。

愛人が膝を軽く曲げる仕草をすると、そのとたんに肉体の重さは消し飛び、つうっと天井に向かってまっすぐに吊り上げられていくように見えた。

愛人は芸だけでなく酒も強かった。

勧められるままにいくらでも杯を重ねる。

酒の相手にはもってこいだ。

呑《の》み交わすうちに愛人の耳朶《じだ》が赤みを帯びてくる。

朝馬はしだいに愛人の情の頃合を覚えた。

耳朶の弓なりの細い骨あたりまでが赤く染まると頃合だ。

それを見計らって朝馬は愛人を組みしだく。

たくさんの男たちに苛《さいな》まれ続け、草臥《くたび》れ果てた愛人の乳房に吸いつく。

「円朝《あいつ》もこうしやがったのか」

「ああ……そうだよお……」

愛人は応じながら、朝馬の後頭部を両手で掻《か》き毟《むし》るかのようにつかみ、いっそう強く胸に押し当てる。

朝馬が果てそうになると、愛人はさまざまな媚態をとる。

容易に果てさせまいと手練手管を弄《ろう》する。

愛人の技は多彩で、朝馬は一度として同じ格好で果てた覚えがない。

互いの手足が絡み合う複雑さに、果てた後しばらくは、身体をどう解いてよいやら分からぬほどだ。

人の往き来も途絶えた大引け前、最後にもうひと稼ぎしようという新内流しの三味線や、按摩の笛の音《ね》、卵売りの呼び声などが、現世《このよ》の音ではないかのように遙か遠くから聞こえてくる。

欲望を吐き出した朝馬は、腸《はらわた》に沁《し》み通るような寂しさをかき立てられた。

愛人の髪油の匂いを嗅ぎながらうとうととしていると、ときおり往来から生々しい男女の声が聞こえてくる。

通りすがりの客が、お茶をひいた売れ残りの女郎をからかっているのだ。

女郎は、格子《こうし》を隔てた向こうの客を登楼《あげ》たい一心で、軽口や愛想笑いで呼び込む。

朝馬には『色町の花』とか『通人の遊び』と持て囃《はや》されるぞめきや冷やかしなどというものは、哀れな女郎の心根を弄《もてあそ》んでいるとしか思えない。

(しみったれた野郎どもめ……ぞめきだか冷やかしだか知らねえが、女郎《おんな》をからかって喜んでやがるなんて……)

ぞめきや冷やかしの客は、たいがい酔っ払っている。

女郎が相手をしてくれるのが嬉しくて堪《たま》らないのだ。

調子に乗ってさらに大声を張り上げて女郎にかまうことになる。

朝馬に背を向けて寝ていた愛人が「フンッ」と冷たく鼻を鳴らした。

大きな尻を朝馬の腹のあたりにぐっと押しつけてくる。

冷え性なのか、愛人の尻はことのほか冷たい。

「客になってくれると思やこそ相手もするのサ……でなけりゃ、何だって……」

愛人が冷たい尻をさらに強く朝馬の腹に押しつけて呟いた。

「うう、寒《さぶ》くってお尻が冷えちまったヨ……どうか温《あ》っためておくんねえ」

「置《お》きゃあがれ……客を炬燵《こたつ》代わりにしやがって」

朝馬は背後から愛人にぴったりと身体を寄せる。

肩口から手を回し愛人の懐に突っ込む。

「この人ぁ……また……やめとくれよ、あたしゃ眠たいんだよお……」

抗《あらが》いながらも愛人の息はすでに荒くなっている。

愛人の耳朶の細い骨が、みるみる赤く染まっていく。

4

朝馬は、河童頭の前座を相手に吉原の思い出話をするつもりなど毛頭なかった。

河童頭《こいっつ》は幽的《ゆうてき》ではないか。

どうせ女も知らぬまま首を縊《くく》ったのだろう。

楽屋では相も変わらず万年中座の竹之助が喧しい。

声を張り上げてつまらない廓話を続けている。

朝馬は聞くともなしに楽屋を見渡した。

少し離れた火鉢で所在なさげに灰をいじっていた隠居が「竹の言うとおりでんナ……金は遣わず、冷やかすだけで女郎《おんな》をからかって歩くンは、格好よろしいモンじゃおまへんナ」と呟く。

朝馬は隠居に聞き返した。

「大阪《こっち》にも、ぞめきしかしねえ客もいるんだろうねえ」

「さいナ。居《お》りますけど、まあ、あんまり大きな顔はしてしまヘンなァ……」

隠居は思い出したようにつけ加えた。

「せや、今日は久しぶりに古い噺を演《や》ったろか。『新町《しんまち》ぞめき』ゆう噺でおます」

隠居は、よれよれの羽織をまといながら高座に上がっていった。

朝馬は河童頭の前座に訊ねた。

「『新町ぞめき』ってぇ噺、知ってるのかい」

「へぇ、伸び縮みしやすい噺で、お師匠はん方は持間つなぎによう演《や》らはります」

「さすが幽的だけあって、おめえ、昔のことはよく知ってるなァ」

朝馬にからかわれても、河童頭の前座は照れる様子も見せない。

きょとんとした顔つきで、朝馬の顔をまじまじと見つめている。

楽屋に居合わせた他の者の目には、朝馬は独りでぶつぶつしゃべっている気味の悪い存在として映っているのだろう。

「落語って芸は、ひたすら客の前で独りぶつぶつ、泣いたり、笑ったり、怒ったりしてみせるモンだ。おいらを気味悪がることもねえだろう」

山深い田舎に巡業に行った噺家が、生まれて初めて落語を聞いた客から「頭がおかしいのでは……」と訝《いぶか》る目を向けられたという。

「おいらたちもご同類だナ……おめえも、ナ」

朝馬は傍《かたわ》らに置かれた手拭いの包みに目をやった。

左右に『圓朝』の文字を彫りつけた下駄は、誰にも触れさせないよう楽屋でも常にそばに置いている。

先日、朝馬は下駄に彫りつけた文字の縁《ふち》で足の裏を切った。

胃の腑の病のせいで身体の隅々までが脆《もろ》くなっているのだろうか。

高座に上がるときに履く白足袋の底にも血が滲《にじ》み出る。

また下駄に刻んだ『圓朝』の文字も、血で赤く染まっている。

血は木地に染みついて、洗っても洗っても落ちない。


朝馬は煙管《きせる》に莨《たばこ》を詰めて、高座から聞こえる隠居の声に耳を傾ける。

大阪随一の色町、新町を冷やかして歩く男の噺だ。

なるほど、どこで切っても高座から降りられるように出来ている噺で、時間調整には都合がよい。

「アノ妓《こ》、ワイに惚れてる。色っぽォい目つきで、ワイのこと見おった」と喜ぶ男に、見世の遣手婆《おばさん》が「アホらしもない。あの妓、やぶにらみデっさかいに……お父《と》っつあんが、タケノコで損しハッたから、ああして藪《やぶ》ゥ睨《にら》んでるンどす」

「ああ……お父っつあんがタケノコで損したによって、娘はマツタケで稼ぐンやナ」

隠居は手ぎわよく噺を切り上げて高座を降りる。

破礼《ばれ》かかったやりとりだが、隠居がサッと締めくくったので嫌味はない。

「冷やかしは女郎相手にするもんじゃねえ。今の噺みたように、せいぜい遣手婆とするもんだなァ」

楽屋で茶を啜《すす》って息を入れながら隠居が応じた。

「女郎は籠《かご》の中の鳥だす。登楼《あが》る気もないなら、からかうモンやおまへん」

朝馬は、素見客《ひやかしきゃく》と女郎との諍《いさか》いを吉原でたびたび目にしてきた。

「勇み肌を気取りやがった大馬鹿野郎ほど、女郎《おんな》ァ相手にでけえ声張り上げやがるもんだ」

河童頭の前座は朝馬の顔を穴の開くほどじいっと見つめている。

二階ぞめき

もう勘弁ならねえ。あの女郎《あま》、こっちィ出てきやがれ。何だとぉ、「毎晩毎晩、鉋《かんな》ッ屑《くず》みてえにフラフラと姿ァ見せると思や、格子越しに煙草《たばこ》ばかりせびりやがって、とんだ助六だぁね。どうせ金がねえんだろう。悔しかったら登楼《あが》ってみやがれ」たあ、何事だぁ。

なんでえなんでえ、若い衆《し》が大勢ぞろぞろ出てきやがって。てめえらに用はねえ、あの女郎《あま》をここへ出しやがれってんだ……。

5

「番頭さん、そこへ座っておくれ。いや、毎日毎日、店をきちんと取り仕切ってくださって、ありがとうございます。今、お茶を淹《い》れますでな。

番頭さんをお呼び立てした理由《わけ》はほかでもない、うちのあの馬鹿野郎についてじゃが……。いやいや番頭さん、何も言うてくださるな。以前からそなたはうちの馬鹿野郎を、何かにつけて庇《かば》ってくださった。

親としては嬉しく、ありがたく思うばかりじゃ……数々の不始末の尻拭いを儂《わし》に内緒でそながしてくれたのは知っておりますのじゃ。

あの馬鹿野郎の……倅《せがれ》の尻拭いを……。

番頭さんに恨み事を申し上げているわけではありませんぞ。そなたの店への忠義立て、儂《わし》も身に染みております。

おりますが、な……。

番頭さんも、ご存じであろう。

先だって、親類の集まりがあったのじゃ……。

『あの息子を本家の跡取りとして認めるわけにはいかぬ』と、親類総出の膝詰め談判で……とうとう私も『うん』と首を縦に振らされたのじゃよ。

親類総出で言われるまでもない。

さすがにもう、倅《あれ》には先々の見込みはない……」

「いえ、大旦那……番頭の私は若旦那が小さい時分から、よっく存じ上げております……ま、子供の頃から一風変わったご気性の持ち主でございましたが、私が若旦那の尻拭いとは大仰《おおぎょう》な。なにほどの話でもございません……。

若旦那は、まだお若い。若さゆえに力の入れどころを間違えて、そりゃ、喧嘩沙汰で他人さまに少しばかり怪我を負わせたり物を壊したりなどという仕業はありましたが……。

へえ、何でございますか……吉原……アッハッハッ……吉原通いの一件でございますか。吉原通いについてなら、手前、番頭が請け合います。若旦那にお間違えはございません。吉原通いといっても、女郎《おんな》にハマっているわけではございませんので」

「番頭さん……そなたが請け合ってくださると……『女郎《おんな》にハマっているわけではないので、ご心配にはおよびません』じゃと……」


朝馬は、目の前の河童頭に向かって、ぐっと身を乗り出し、まともに顔を近づけた。

河童頭の前座は朝馬に顔を寄せられても平気で、きょとんとした目を朝馬に向けている。

隠居は、目に見えぬ何者かを相手に話し始めた朝馬の様子にぎょっとした顔をしている。

朝馬は、低く抑えた声で呟いた。

ある決意を心に秘めた父親の声だった。

「女郎《おんな》好きなら心配はせぬのじゃ、番頭さん……女郎目当てではなく、ただ吉原に日参するなど、頭がおかしくなったとしか思えんのじゃ……」

6

「何ですかい、番頭さん。

わざわざお越しにならなくっても、小僧さんでも使いにしてチョイと呼んでいただければ、すぐに駆けつけますんで……。

おう、奴《やっこ》ォ、ぐずぐずしてねえで、座布団《おざぶ》を出すんだよ。そいから、お茶も淹《い》れてナ。

ヘッヘッヘ、すみませんねえ、番頭さん。あいにく嬶ァが湯ゥに行っちまったもので、気が利かなくってしょうがねえや。

いったい何のご用事で……。

へっ……へえへえ、旦那ンとこの二階ですか……そりゃ、ぶち抜きにすれば結構な広さになりますが……。

エッ……二階に吉原《なか》を造れ、って？　ご冗談を……あっ、ハハァン、お得意さまをお招きするんで、ひとつご趣向ってんで……。

いや、趣向なんかじゃねえって……若旦那を二階に閉じ込め……ブルブルブル、番頭さん、なんとまあ恐ろしい話をなさるんで……」

「頭《かしら》も知ってのとおり、うちの若旦那は……その、何だ、チョイと変わっておいでだ。近頃じゃ、吉原に足繁《しげ》く通われるのだが、女郎《おんな》目当てではない。ただひと回り吉原中を冷やかして歩いて喜んでいるというありさまだから、大旦那のご心配ももっともだ。

花魁《おいらん》に入れ揚げて吉原に日参、という塩梅《あんばい》なら、どうせ女郎《あちら》も売りモンだ。金を積んで請け出してでもやれば、若旦那の腰も落ち着くだろうというものだが、若旦那の目当ては、女ではない。

吉原という場所に入れ込んでしまわれているのだから、始末に悪い。

頭《かしら》もまんざら知らなくもなかろう。『悪所』とは、よく言ったものだねえ。

吉原なんて場所は、その、何だ、用事があって彷徨《うろ》つく分には、ヘヘッ、まあ楽しいところだが、女が欲しくもないのに、ただ歩いていて楽しいはずがない。

狭い道の両側には女郎屋が並んでいる。

見た目はぴかぴかで豪勢だが、赤い格子の塗りもよおっく見れば、ところどころ剥《は》げていたりもする。

『お歯黒溝《はぐろどぶ》』ってあるだろ。何がどうなって、あんな色になるのかと思うよ。ただ黒いんじゃねえ、少《すこ》ぉし灰色がかって、いつもドロッと澱《よど》んで……それにまた、あの臭《にお》いったらねえや。女郎の白粉《おしろい》の匂いやら、汗やらナニやらを洗い流した手水《ちょうず》の匂いなんかが混じってるのだろうかねえ。思い出すだけでも吐き気がするじゃないか。

いいきだのすいだの言ったって、しょせん女とのお楽しみがあっての話だ。

まともな者が、ただ歩いて面白い場所などではない。地獄だ。

それを若旦那ときたら、夜な夜な歩き回って格子の向こうの女郎をからかって喜んでおいでだ。

こないだなんぞも、ホレ、見世の若い衆《し》と揉めて相手の腕ェ折って、尻を持ち込まれただろう。頭《かしら》にあいだに入ってもらって、ようやく収まったが、な……」

「ヘエヘエ……ちょいとばかし収めるのに苦労しやしたが、なあに、お店《たな》のためなら何でもねえんです。

若旦那も子供の時分から身体が大きくて腕っぷしも強いときている。

目をギラギラさせた大男が、まるで凶暴な犬みてえに……いいえ、あっしが言うんじゃねえ、吉原《なか》の連中が言うんでさあ……。

ぞめき馬鹿だって……」

「大旦那も、とうとう腹を決められてナ……若旦那の妹、お嬢さまに婿を取って暖簾《のれん》を継がせる、と、ご親類一同の前で約束されたのだ。

いや、婿探しは今からの仕事だが……。

それにつけても、若旦那が夜な夜な吉原を冷やかしに歩いて馬鹿呼ばわりされているありさまでは、婿探しもままならない。

そこで、だ。

いっそ家の中に吉原をこしらえてしまえば、若旦那も外には出ないだろう、という目論見《もくろみ》なのだよ」

「ハア……そりゃ、ウチの連中なら面白がって腕をふるいます。本物に負けねえくらいの吉原をこしらえてお目にかけますが……。

ねえ……いくら若旦那だって、いつまでも二階の吉原でじっとしていられるものでもねえでしょう」

「吉原には大門《おおもん》がある……頭《かしら》にこしらえてもらう二階の吉原の大門は、いったん閉まったら二度と開かない……。

開かずの門だ」

「エッ……じゃあ、体《てい》のいい座敷牢《ざしきろう》……。でも、二階に若旦那が閉じ込められているようなお店《たな》に婿に来ようて工酔狂な御仁《ごじん》がいますかねェ」

「そこは頭《かしら》が心配するところではないよ……差し入れるお食事の中に、少ぉしずつナニを……少ぉしずつナ……」

「ブルブルブル……番頭さん、なんてぇことを……わっちは何も聞いてねえ、なあんにも聞いてねえからね、番頭さん」

7

吉原の女郎部屋は、陽《ひ》の射さない薄暗い部屋と相場が決まっている。

ただし、家並《やなみ》の具合によって、ごく短いあいだだけお陽さまの光が射し込む場合がある。見世《みせ》を開けて間もない夕刻に、カッと西陽《にしび》が射す部屋もあれば、客も女郎《おんな》も房事に疲れ果てて眠りこけている明け方に、戸の隙間から白い光の糸が瞑《つむ》った目を射る部屋もある。

朝馬には、部屋の陽の射し具合は、部屋の主の女郎と分かちがたく結びついているように思えた。

身体の匂いや床での癖と同様だ。

梶田楼の愛人《あいひと》の部屋には、夜明けからずいぶん経った時分に陽が射し込んだ。女郎と一夜を明かした客たちが見世から引き揚げようという時分だ。

愛人の部屋に射す朝の光は、太い黄色の柱のようだった。

あけすけな性質《たち》の部屋の主に似つかわしい朝の光景だった。

開け放たれた窓を寝床から見上げると、上等な絵の具で刷《は》いたような鮮やかな青空が向かいの見世の屋根越しに広がっていた。

そろそろ夏になろうかという時候だった。

汗臭い夜具にくるまった朝馬の顔に朝の風が吹きつけて心地よい。

「朝方の吉原《なか》の空気だけは、上方では味わえねえや」

目の前にかしこまって座っている河童頭の前座は、朝馬が漏らす言葉にただきょとんとした表情をしているばかりだ。

「おめえさんには分からねえだろうけどなァ」

幽的相手に昔の吉原《なか》の思い出話もないものだが、朝馬は後を続ける。

先に寝床から這い出した愛人は団扇《うちわ》を遣《つか》いながら窓辺に身体をもたせかけて往来を見下ろしている。

寝床で朝の光を浴びている朝馬の額には、うっすらと汗が吹き出てきた。

団扇をゆっくりと動かしていた愛人が突然、往来に向かって声をかけた。

「おい、おめえは円蔵《えんぞう》じゃねえか」

愛人の唐突な声に朝馬は布団から起き上がりかけた。

すぐに思いなおして、再び布団の中で身体を縮こませる。

円蔵とは、橘家《たちばなや》円蔵に違いない。

円朝の何番目かの弟子だ。

愛人が勤める見世の窓から朝馬が迂闊《うかつ》に顔でも出そうものなら、どんな噂が広まるか知れたものではない。

往来から円蔵の声がする。

「ああ……姐《ねえ》さんじゃねえか」

寝呆《ねぼ》けているところに不意をつかれたような間の抜けた声だった。

「どうしたんだい。こんな朝方に吉原《なか》を彷徨《うろつ》いて。しかも、子連れじゃねえか」

愛人の問いかけに円蔵は声を張り上げた。

「ああ……ゆんべは朝坊《ちょうぼう》が踊りの稽古に行ったんだが、遅くなったんで先方に泊めてもらったんです。おいらは迎えに来たんでさあ」

愛人は「朝坊」と聞くと、団扇をやっていた手をはたと止めた。

窓から往来に向かってぐうっと身を乗り出す。

「朝太郎《ちょうたろう》……おまえは朝太郎かい」

愛人の声は朝馬が聞いたことのない優しい艶《つや》を帯びている。

往来から円蔵が連れの子供に言い聞かせている声が響く。

「朝坊、ホレ、おっ母《か》さんだよ」

朝太郎とは、円朝が愛人に産ませた子に違いない。

円朝が引き取って育てていると聞く。

朝馬の耳は、愛人が小さく漏らした「ああッ……」という呻《うめ》き声をはっきりととらえていた。

朝馬は寝床から這い出した。

往来から顔を見られないよう腹這いのまま、そろそろと窓に近づく。

緋色《ひいろ》の襦袢《じゅばん》に包まれた愛人の腰が目の前にある。

襦袢の中身、脂の乗った年増らしい渋太い尻の肉づきが、朝馬の心に甦《よみがえ》る。

愛人は往来に向かって叫んだ。

「朝太郎、お父《と》っつあんや皆の言うことを、よっく聞くんだよ」

愛人の声は、いっそうの艶を帯びている。

往来の円蔵は、しきりに「ホレ、朝坊、おっ母《か》さんに返事をしねえか」とうながしている。

肝心の子供は、気後れしているのか声は聞こえない。

腹這いのままそろそろと愛人の尻に取りついた朝馬は、右腕をそっと前に回した。

襦袢の裾から手を差し入れ、ぴたりと合わされた太股のあいだをこじる。

愛人は襦袢の上から朝馬の腕をつかんだ。

秘所をまさぐる朝馬の手を引き抜こうとする。

息子の朝太郎には素知らぬ顔を向けていなければならないから、手に力が入らない。

愛人はとうとう屈服した。

朝馬の手に重ね合わせた愛人の手にせつない力がこもる。

「朝太郎や、顔を上げてごらん。さ、顔を見せて……」

愛人の声音が変わった。

朝馬の指は執拗に湿りの中を泳いでいる。

愛人の淫液は濃い。

朝馬の耳は、にちゃりという微《かす》かな音を聞いた。

地獄の血の池が滾《たぎ》る音だと朝馬は思った。

8

「ウイィィ……すっかり寝ちまった……もう朝なのかい……いつでも薄暗えから、いったい朝なのか夜なのか、見当がつかねえや。

ウイィィ……ゆんべも、ヘンな酒を呑んじまったのかしらん、やけに気持ちが悪い。毎晩毎晩、食って呑んでは反吐《へど》を吐いているから、そこらじゅう反吐だらけだ。

アハハハハ、反吐の散らかりようも吉原《なか》そっくりだ。とても店《たな》の二階とは思えねえ。

おいらは反吐なんか吐いたことなかったが、どうも近頃はいけねえや。

反吐だけじゃねえ、昨日《きのう》からは、歯ぐきや耳鼻《みみはな》からも血が出やがる……髪の毛もいやに抜けやがる。

店の二階に吉原《なか》をこさえちまうなんて、おいらも驚いたよ。

さすがは頭《かしら》の仕事だ。

結構なもんだ。

たしかに結構なもんだが、さすがに少《ち》いっとばかし、表《そと》の空気も吸いたいや。なぜだか、階段口には丈夫な格子がはまってやがる。

「おおい、番頭。番衆《ばんしゅう》、番的《ばんてき》ィ……表《そと》に出しちゃくれねえかい」って呼んでも、誰も出てきやしねえ。

代わりに小僧の定吉《さだきち》が階段を上がってきやがったよ。

「若旦那、大門《おおもん》はいったん閉じたら開けられません。廓《くるわ》の法でございます」なんて、小生意気《こなまいき》な口を利きやがって……。

笑わせやがらぁ。何が廓の法だってんだ。

ウイィィ……おんや……大門の脇におまんまが置いてあらあ。雑炊《ぞうすい》だね。嬉しいねえ、卵でとじてあるよ。腹が減っては戦《いくさ》はできねえ。遠慮なくいただこう。なあに、歯ぐきや耳鼻から血が出てようが、髪なんざいくら抜けようがかまわねえ。

雪洞《ぼんぼり》に灯《ひ》が入《へえ》って……ああ……綺麗《きれい》だなァ……。

どの見世《みせ》でも客を迎える支度《したく》をしてやがる。

入口に盛り塩をして、若い衆《し》が羽目板《はめいた》を打ちつけて、「チュウチュウチュウ」なんて声を出してやがる……宵の口の吉原《なか》の音だ……客が来るまじないてえが、いわれを知りたいもんだねえ……。

トトンテンッとくりゃ、オオオィ……。

『騒《ぞめ》き歩いて草臥《くたび》れもうけ　煙管《きせる》の雨に軒を借り』っと。

ハハハハ……本《ほ》ん当《と》っ、楽しいったら、ありゃしねえ。

親父《おやじ》ァ、「おめえみてえな了見の奴に身代は譲れねえ」って、いつも目を三角にして怒りやがるン……。

冗談じゃねえ。毎《まい》ン日《ち》、ドジな鼠色の木綿《もめん》物を着せられて、つまらねえ顔して帳場に座って、筆の先を舐めてるなんざァ、おいらには、できっこねえや。

妹は優しい子だ……いい婿さんでも取って、身代でも何でも譲ってやるがいいや。

ウイィィ……ロン中がゴロゴロしやがる。

いやに塩《しょ》っぺえと思ったら、歯が抜けやがった。

前歯と奥歯と、一度に三本も抜けやがった。

ロン中が血だらけだァ……ハハハハ……剛毅《ごうき》なもんだ。

ンンッ……なんでえ……何が可笑《おか》しいんでえ……えっ、おうッ……いや、若え衆《わけし》さんかい、止めてくんなさんな。

今、たしかに格子の向こうッ側《かわ》、上手《かみ》から二枚目の女郎《おんな》がサ、おいらを見て笑いやがったン……。

「いえいえ、あなた、うちの妓《こ》がお客さまを見て笑うなんて」って、止めに入ったね……イヤ、若《わけ》え衆《し》さんに止めに入られても……って……。

止め手もおいらが演《や》るんだから忙しいや。

左手で胸を押さえて止める体《てい》で、っと……。

いや、若え衆《し》さん、放《ほ》っといッくんな。

おいらァ、たしかに見たんだ。

おいらの歯が抜けた様子をあの女郎《あま》ァ、見て笑いやがった。

畜生……また歯が抜けてきやがった……。

今度《こんだ》ァごっそりと抜けやがって、ロン中が抜けた歯で一杯になっちまったァ……ペッペッペッ。

おゥ、そこの女郎《あま》、ここェ出てこい。

何だァ……。

「わっちは格子の外には出られねえのサ。用事《よう》があるなら、銭を払って入ってきな。どうせ銭もねえ素見野郎《ひやかし》だろう、しみったれめ」だァ。

勘弁ならねえ。非道《ひで》え目に遭《あ》わせてや……。

何でえ何でえ、若《わけ》え衆《し》さんだけじゃねえ、見世の裏からぞろぞろとずいぶん湧いてきやがったな。

ははァン……地回りの連中だな。

面白え、喧嘩《や》ろうってのか。

おゥ、こちとらァ、吉原《なか》の地回りの十人や二十人、出てきやがったって驚くようなナニじゃねえんだィ。

さあ来い、かかってきやがれ。

ウイィィ……なんだか足がもつれてきやがった……。

立ってられねえや、うわあああぁィ……。

立ち上がろうにも、手にも足にも力が入らねえ。

畜生め、さあ殺せ！

ああ……番頭かい……大門《おおもん》の向こうから覗いてやがン……。

おおい、番頭ォ……悪《わ》りいところを見られたなァ。

おいらと二階《なか》で遭《あ》ったって、親父には内緒だ……」


朝馬が目を上げると、さっきまで神妙な顔をしていた河童頭の前座の姿が見えない。

高座にはトリの前、『膝がわり』の色物が上がっている。

曲芸を見せる太神楽《だいかぐら》だ。

朝馬と同じく江戸者で、浅草の奥山で興行していた者が、これまた朝馬と同じく上方まで流れてきたのだそうだ。

木の桝《ます》を傘の上で器用にくるくると回している。

「お客さま、ますますのご繁盛で」という世辞口上もお定まりだ。

下座のにぎやかな三味線がしだいに早くなる。

傘の上の桝が二度、三度と跳ね上がる。

客席はまばらで、さほど沸いている様子もない。

いよっ！　という掛け声とともに大きく撥《は》ね上げられた桝を太神楽が片手で受け止めた。

楽屋の神棚の前では、トリに上がる真打ちが神妙な面持ちで手を合わせている。

桃色の羽織に鼠色の袴というなりだ。

だいぶ深い時刻となり、楽屋に燻《くす》ぶっている芸人の数も減っている。

無駄話をワアワアと取り仕切っていた万年中座の竹之助も姿を消し、楽屋は物寂しい。

朝馬は脇に丸めておいた羽織を取り上げ、「じゃ、御免なすって」と手刀を切りながら腰を上げた。

下駄に彫りつけた『圓朝』の文字で切られた足裏の傷がズキンと痛んだ。
同時に例の差し込みが鳩尾《みぞおち》を強烈に襲う。
生温かく重たい液が胃の腑から込み上げる。
腹の奥でゴボッと鳴る音がはっきりと聞こえた。
慌てて朝馬は掌を口に当てる。
ゲボッという音とともに朝馬の掌がずしりと重くなった。
重く、しかも熱い。
(うわぁ、血だ……血の塊《かたまり》だぁ)
驚いて腰を浮かせる隠居の姿が目の端に映る。
朝馬はたまらず膝から崩れ落ちた。

「番頭さん、今、戻りました。おまえが見つけてきてくれた上総屋《かずさや》さんのご次男……いやあ、なかなか結構なお人だヨ。お若いのに、しっかりしておいでで、フフッ、男っぷりもナカナカだ。あれなら娘も異存はあるまい。話を、ナ……進めていただくよう……うんうん。そこは番頭さんのことじゃで如才《じょさい》あるまいが……頼みましたぞ。

二階がバタンバタンとずいぶん騒がしいようじゃな……また倅《せがれ》が暴れておるのかい……頭《かしら》に頼んでこさえてもらった吉原の造り物の中を、何が面白いのか、嬉しそうに歩き回っているのかと思うと、番頭さん……私ゃ我が子ながら、背筋がぞっとしますぞい……。『さあ殺せ、さあ殺せ』と大声で……おおかた吉原《なか》で地回りと喧嘩でもしているつもりなのじゃろう……ああ、地獄じゃや地獄じゃや……」

「へえ、大旦那さま……先ほどそおっと階段口から二階《うえ》の様子を覗いてきましたが……お食事に盛った例のナニの効き目でしょうカナ……若旦那の髪は、もうすっかり抜け落ちて、鼻や耳から血が流れ……歯もすべて抜けたようでございますよ……。もう足腰も立たないご様子で、ご自身の反吐《へど》やら大小便の中に倒れて、のたうち回っておいでで……。あのご様子では、今夜あたりにでもご臨終かと……」

「そうか……。お店《たな》のためとはいえ、我が子を惨《むご》い目に遭《あ》わせてしもうて……冥加《みょうが》のほどが恐ろしい……。南無阿弥陀仏《なむあみだぶつ》、南無阿弥陀仏、なんまいだぶ、なんまいだぶ……。ホレッ、番頭さんも一緒にお念仏《ねんぶつ》を唱えてくださらんか」

「ヘイッ……南無阿弥陀仏、南無阿弥陀仏……なんまいだあ……なんまいだあ……」

黒《くろ》落《らく》語《ご》

1

朝馬は落語の稽古で汗をかいていた。

楽屋で汗をかくなど久しくなかった。

楽しい。

楽しくてたまらない。

まるでこの世ではないみたいだ
「アッハッハッ……隠居ォ……今日ンところは、これで勘弁してくれよ」

朝馬は手にしていた小拍子《こびょうし》を目の前の見台《けんだい》に投げ置いた。

小拍子が見台の上でカラカラと乾いた音を立てる。

傍《かたわ》らで三味線を爪弾《つまび》いていた若い女が「なんや、もおアカンのか」と毒づいた。

朝馬は苦笑いしながら「姐《ねえ》さん、すまねえ。この埋め合わせは、いずれまたさせてもらうから……」と三味線女の肩を引き寄せた。

女の顔をぐっと覗き込む。

女はまだ若い。

「フンッ、しょうもない」

女は鼻を鳴らして朝馬を突き退《の》けた。

(ああ、楽しいな。

落語の稽古は心底、楽しいな。

おいらは落語が大好きだ)

もう鳩尾《みぞおち》に差し込む痛みに怯《おび》えずに、こうして思う存分、声を出せるから気分もよい。

大黒亭の楽屋が、これほど居心地のいい場所とは知らなかった。

楽屋の芸人仲間も皆、親切で楽しい奴らばかりだ。

(江戸東京と上方の違いこそあれ、噺家に変わりはあるものか)

さっきまで朝馬に稽古をつけてくれていた隠居が「お江戸の兄さん、もおアキまへんか……」と朝馬を混ぜっ返した。

「ああ……上方の噺家さんたちは大《てえ》したもンだ。おいらなんぞは、とうてい口が回らねえ。それにカチャカチャと小拍子を打ちながら噺《はな》すなんて器用な芸当は、とてもとても……」と降参する。

上方の高座は、江戸東京とはずいぶん勝手が違う。

噺家の前には『膝隠し』という小さな衝立《ついたて》と『見台』という小机が置かれる。

噺家は、『小拍子』という掌にすっぽりと納まるくらいの小さな拍子木《ひょうしぎ》で見台を打ち鳴らしながら高座をつとめる。

小拍子のカチャカチャという音は、場面転換の際には実に効果的だ。

客席が何となくダレていると感じたときも打ち鳴らし、高座に注意を向けさせたりもする。

さらには特に理由がなくても、噺家が自身を鼓舞するために打ち鳴らしたりもする。

『太平記読み』の講釈師が叩く張り扇《おうぎ》と同じだ。

夕席のトリに上がった師匠が、女との約束でもあったのだろうか、短い噺を済ませるとさっさと高座を降りてしまった。

寄席の終演、打ち出し時刻は、普段よりずいぶん早い。

大黒亭は、大阪でも客の入りは下から数えたほうが早いほどの流行《はや》らない寄席だ。

まばらな客たちも、特に落語が好きで集まっているわけではない。

晩飯を済ませて所在ない身を持て余しているだけの連中だから、早く終了《ハネ》ても皆、文句も言わずぞろぞろと引き揚げていく。

かえって、楽屋に屯《たむろ》している芸人たちの方が、いつまでもぐずぐずしている。

平素は少しでも打ち出しが遅《お》したりしようものなら「かなわンなァ……給金《ワリ》は変わらんのに……」と、ぶつくさ文句を言う連中だが、いざ早仕舞いとなると、今度は逆にいつまでも楽屋に燻《くすぶ》っている。

今日の楽屋は、いつになくくつろいでいる。

寄席が思いのほか早くハネたおりによく見られる光景だ。

朝馬は子供の頃を思い出した。

朝馬の父は下駄屋の職人だった。

おとなしい男だったが、酒を呑むと、もういけない。

子供でも誰でも見境なく、殴る蹴るの乱暴を働く。

父親が暴れ始めると、母親は朝馬を袂で隠すようにして外へ連れ出し、近所の神社に逃げた。袂が頬に当たるざらざらとした感触を今でも覚えている。

母親の着古した葡萄茶《えびちゃ》の小袖の縞柄が懐かしく思い出された。

「いいかい、おっ母《か》さんが迎えに来るまで、ここを動くんじゃないよ」

神社に辿り着くと、母親は朝馬の両肩をしっかりとつかんで言い聞かせた。

そのうち父親の暴れようがさらに激しくなり、母親の里まで逃げることになった。

中野の先、野方《のがた》村にある百姓家だった。

母方の祖父母の顔はもう忘れてしまったが、江戸の町から離れた野方村は、万事ゆったりとした刻《とき》が流れていた。

思えば、わずか数日間の逃避行だったのだろうが、いつまでも浸《つ》かっていたくなるぬるま湯のような日々だった。

早くハネた大黒亭の楽屋は朝馬にそんな母の里を思い出させる。

だらだらと続く無駄話の中、誰かがふと「お江戸の兄サン、ひとつ上方噺を演《や》ってみまへンか……」と言い出した。

万年中座《なかざ》の竹之助は面白がって、居合わせた前座たちに見台や膝隠しを用意させた。

上方の噺家なら皆、自前の小拍子を持っているが、朝馬は楽屋の備え付けを借りた。

上方落語の前座修行は『東の旅』から始まる。

寄席でも必ず開口一番にかけられる噺だ。

朝馬も毎日のように楽屋で耳にしてきたから、だいたいは覚えている。

この際だからと朝馬は、真面目くさった顔で師匠然としている隠居の前に座り、「それじゃあ、お願《ねが》えします」と頭を下げた。

パンと勢いよく小拍子を見台に打ちつける。

「さて、例によりまして、喜六清八《きろくせいはち》という両名の大阪の若いモン、だいぶ気候もよぉなったんで、ひとつお伊勢参り〝でも〟しょやないか、という〝でも〟付きのお伊勢参りでございます……」と語り出す。

息の継ぎどころが難しい長台詞《ながぜりふ》の合間に、小拍子をカチャカチャと見台に打ちつけて歯切れのいい音を立てなければならない。

「笠を買うなら深江笠《ふかえがさ》、てなことを申しまして、笠が名物でございます。名は深江でも、その実《じつ》、浅《あさ》ぁい笠を買い求めますと、高井戸《たかいど》から藤ノ木茶屋、御厩《みくりや》、額田、豊浦《とうら》、松原口を越えてやって参りましたのが暗峠《くらがりとうげ》でございます……」

というところまで来て、朝馬の息は完全に上がってしまった。

「なんや……まだ生駒《いこま》の山も越えてヘンのに、もぉ、アカンのかいナ」と隠居も呆れ顔だ。

高座の座布団を用意したり演者の名を書いためくりを返すお茶子《ちゃこ》の娘も、朝馬の大阪弁がよほど珍妙だったのだろう、赤い前かけを握りしめてゲラゲラと笑っている。

竹之助も手を打って笑っている。

なぜか、朝馬は満ち足りた気分になっていた。

破礼噺《ばればなし》をもっぱらにする万年中座の竹之助に笑われても、奇妙なことに腹も立たない。場末の寄席の楽屋にしては、珍しく香《こう》のいい匂いが漂っている。

ますますもって、この世のようではない。

「こないな体たらくでは示しがつきませんワ……。朝馬はん、上方落語の前座の修行から始めてもらわなアキませんなァ……」

隠居に言い渡された朝馬は「恐れ入りやした」とばかりに頭を下げる。

「じゃ、ご返礼に、江戸の啖呵《たんか》ってやつを少《ち》イっとばかし、ご披露……」

朝馬は口上めいた口調で前置きすると、見台の上の小拍子を取り上げ、勢いよくバンッと打ちつけた。

「要《い》らねえやィッ！」

江戸の大工の棟梁だ。

因業《いんごう》な大家が、店子《たなこ》の職人が溜《た》めた家賃の担保《かた》に大工道具を持って行った。棟梁が、取られた道具を返してもらうために交渉に行ったが、けんもほろろに断られての啖呵だ。

「……大家さんと言ってやりゃあ、つけ上がりゃあがって、何をぬかしやがンだ、この丸太ん棒め。てめえなんざ、丸太ん棒に違《ちげ》ねえや。血も涙もねえのっぺらぼうだから、丸太ん棒てんだ。てめえなんざ、人間の皮を被った畜生だ。呆助《ほうすけ》、ちんけいとう、株《かぶ》っかじり、芋《いも》っぽりめ。てめえっちに頭ァ下げるようなお兄《あに》いさんとは、お兄いさんの出来が少うしばかり違うんだ……」

最後にもう一度、小拍子をパンッと打ちつけ、「この人殺しィ！」と啖呵を締めると、息を詰めて聞き入っていた楽屋連中の空気が「ほおおっ……」と解《ほど》けた。

2

隠居は真面目くさった顔のまま「兄《あん》サンも、お江戸の言葉やと、よお口が回ってはりまんなァ……上方落語の前座の修行をしはったら『東の旅』くらい、じっきにでけるよおになりまっせ」と請け合ってくれた。

「いやあ……口は回っても、おいらァ小拍子のカチャカチャがいけねえから、無理だよ」

しきりに謙遜する朝馬に、隠居はことさらな秘密を打ち明けるかのように声を潜《ひそ》めた。

「心配おまへん。実は、藤兵衛のお師匠はんも小拍子は、あんまり巧《うま》いことおまへんのヤ」

「エッ……あの文枝師匠でも小拍子は下手《へた》っぴい？」

驚きのあまり大声を上げた朝馬の様子に、楽屋連中はお茶子の娘までもがニヤニヤ顔になっている。

大看板として上方落語界に君臨する『藤兵衛はん』こと桂文枝師匠が、小拍子が苦手であるという事実は、上方芸人のあいだでは公然の秘密らしい。

師匠には、場面転換に差しかかり勢いよくパンッと打ちつけた瞬間、小拍子が客席めがけて飛んでいってしまったという逸話があるほどだ。

とっくに表は日が暮れているはずなのだが、楽屋内は妙に明るい。
なんだか、すべてが透き徹って見える。
朝馬は、ひとまず前座修行を固持してから、楽屋の隅の暗がりに目をやった。
高座への上がり口に、ぼおっと白い人影が浮き上がっている。
河童頭の前座だ。
河童頭も朝馬が上方落語の指南を受ける一部始終を見ていたのだろうか。
朝馬は、ばつの悪い思いを打ち消そうとするかのように煙管《きせる》に莨《たばこ》を詰め始めた。
河童頭の前座は流れるようにすうっと朝馬の前まで来て、ちょこんとかしこまった。
楽屋の誰かが河童頭に声をかけた。
「おお……江戸のお師匠はんを迎えに来たんか……」
(アレ、河童頭《こいっ》は幽的……おいら以外、見える者はいねえはずだが……。
まあ、いいや……)
朝馬は河童頭の前座に煙管を向けた。
「おめえも、おいらが『東の旅』を教わるとこ見てたのかい」
河童頭はいつもと同じく、ただニコニコと笑っている。
「この分だと、おめえさんに『東の旅』を教《おせ》えてもらうことになりそうだなァ」

朝馬の軽口が河童頭の耳に届いたのかどうかよく分からなかった。

河童頭の前座は、まっすぐに朝馬の目を見たまま屈託のない声を上げた。

「師匠、さっきの『要《い》らねえやィッ！』て噺《の》、教えてください」

「うへっ、おめえさんが『大工調べ』を？」

朝馬は咳込みながら、煙管から喫《の》み込んだ煙を吐き出した。

幽的である河童頭に、江戸前の粋を集めた『大工調べ』を教える光景を思い浮かべてみた。

（こいつに『大工調べ』を教える光景《とこ》なんざ、まんま落語だなァ……）

代わりに朝馬は河童頭に訊ねた。

「上方《こっち》には、『あくびの指南《しなん》をしましょう』って噺はあるかい」

河童頭の前座は黙ったまま「ある」とも「ない」とも答えない。

ただじっと、いつもの痴《こけ》のような笑顔を向けたままだ。

朝馬は手にした煙管を顔の前でユラユラと揺らした。

船遊びの客が煙草を喫《の》む体《てい》だ。

『あくび指南』は、この世のありとあらゆる遊びをし尽くし、船遊びにも倦《う》んでいる男の噺だ。

3

あくび指南

「お光《みつ》っちゃん、お光っちゃんてば。さあ、この人《し》たァ……いつ見ても忙《せわ》しないねえ……少《ち》っとは油でも売ってきねえな」

「なに、私《わ》っちンとこは、おめえ方《がた》とは違って子沢山だからサ。のんびりしてる間なんぞ、ねえわサ」

「あれまあ、子沢山を自慢にして……夫婦仲がいいこって。とんだのろけだねえ……まあ、こっちへ来なよ。

お光っちゃんとこの隣の先生、また何か看板を出してるじゃねえか……。

以前《まえ》は手習い、次は剣道《やっとう》、こないだは妙ちきりんな声を出して唸《うな》っているから何だと思や、お謡《うたい》だったねえ。

元はお武家だってェが、ずいぶんと芸達者な先生だ」

「ああ、うちの隣の先生かい。

お武家ったって、並たいていのお武家じゃなかったそうだヨ。

なんでも、公方《くぼう》さまにお直《じき》に口を利きなさっていた、てんだから驚かあね。

御一新《ごいっしん》で、公方さまが江戸を引き払われたとき、御家来衆が大勢ついていきなさったが、先生は『箱根の向こうの駿府《すんぷ》くんだりまで行けるものか』ってんでお残りなさったてェ話だよ……学問もおありなさる方だから、惜しまれたみてえだが……」

「ときどき三味線の音《ね》も聞こえるが、先生が弾《や》っててんのかい」

「ああ、堅《かて》えばっかりじゃねえ。ちょいと画《え》なんぞも描きゃ、三味線も触る、ってやつサ。声もなかなか渋いや……あの様子じゃ、ずいぶん金も遣ったろう。ご大身《たいしん》の道楽者の殿さまってなところかねえ。

年寄りにしちゃ綺麗な顔立ちしてるだろ。

ありゃ、若い時分にゃ女をずいぶん泣かした顔だヨ」

「あら、お光っちゃん。おめえ、先生にご執心だね」

「やめとくれよ、埒《らち》もねえ。アハハハハ」

「アハハハハ」


「おう……おめえも、ずいぶん永《なげ》えこと鼻の頭ァ見せなかったじゃねえか。どこへ行ってたんだい」

「いやあ、ちょいと上方へ、な……しかし驚いたね。あたりの様子がすっかり変わっちまったじゃねえか」

「そうともサ。もう、江戸なんてありゃしねえ。東京《トッキョ》なんて、舌ァ噛《か》みそうな呼び名に変えられちまった始末サ。

公方さまだってもう江戸……おっと、トッキョにはおいでにならねえんだぜ。代わりに京都から天子さまが来て、千代田のお城に入りなさってらあ」

「ああ……さぞかし江戸も様《さま》変わりしただろうと思っていたが、やっぱりなァ……」

「ホレ、御一新以前《まえ》にァ、おいらたちもあちこちのお屋敷に出入りさせていただいてたろう……うんうん、麻布の堀さまやら鳥居さまやら……あすこいらの若さまたちは皆《みい》んな、御一新のときの上野の山の戦《いくさ》でなァ……グスンッ……お傷《いた》わしい話サ」

「うんうん……ああ……あすこの若さまたちなら、おいらもよっく知ってるよ……若さまたちがまだ子供の時分、おいら、馬になってお乗せ申し上げたんだが……そうかい……上野の彰義《しょうぎ》隊《たい》に、なあ……」

「しかし、おめえも無事に戻ってこれて何よりだ。ところでホレ、長屋を入《へえ》って三軒目の右側……そうそう、横町の小間物屋のお光《みつ》坊が嫁に来た隣……あすこにへんてこな看板が出ていやがるン。

以前《せん》は、『手習』や『素読指南処《そどくしなんどころ》』だの、『北辰一刀流皆伝《ほくしんいっとうりゅうかいでん》』だの、こむつかしい看板が出てやがったンだが……。

いや、主《あるじ》は爺さんサ。

元はお武家の殿さまらしいゼ。

ときどき三味線で端唄《はうた》のひとくさりも聞こえてくるから、まあ、御一新以前《まえ》はたいそうな羽振りだったんだろうなァ……。

明治、と名の変わったご時世、素読や剣道《やっとう》じゃ、飯も食えめえ。

爺さん、どうするつもりなのかなァ……と思っていたら、ウプッ、とうとう気が触れたね。

『あくび指南』なんて看板を出しやがった。

どうでェ。いっちょ、覗きに行かねえか、『あくび指南』とやらをヨ」

4

朝馬の師匠は『武正《ぶしょう》の可楽』と呼ばれた三笑亭可楽《さんしょうていからく》だ。

可楽の名跡《みょうせき》の初代から数えると、三代目にあたる。

師匠の次に可楽を継いだ四代目は、二代目の弟子だった人物だ。

朝馬より十歳ほどの年上だ。

可楽を名乗る以前《まえ》は、朝馬と同じ亭号の翁家《おきなや》さん馬《ば》を名乗っていた。

だから一門の中でも近しい存在であって然《しか》るべきだが、朝馬は四代目に親しく教えを乞うたことはない。

四代目は、芸人うちでは『爆弾可楽』と呼ばれている。

江戸が東京と名を改めるや、文字どおり爆弾を仕掛けて江戸の町を吹き飛ばそうとした、大それた男だった。

「へぇえ……お上に逆らわはった、て……大塩《おおしお》さまのようですワナ」

河童頭の前座はしきりに感心している。

「大塩さまて人《し》たぁ、誰だい」

朝馬が訊ねると、河童頭は、世の中に大塩さまを知らない人がいようとは信じられないと言わんばかりに、大仰《おおぎょう》に驚いてみせた。

「へええ、師匠は大塩平八郎《おおしおへいはちろう》さまをご存じないンでッか……ご冗談でっしゃろ」と言って取り合わない。

「大塩でも、小塩でも、知るもんか！」

「んなアホな。天満《てんま》の与力《よりき》、大塩平八郎さまなら、こんな小《ち》っさい子供でも知ってますガナ」

河童頭の前座は、いつになく粘った。

河童頭が言うには、朝馬が生まれる遙《はる》か昔のこと、天保八年（一八三七）に大飢饉があり、大坂東町奉行所の元与力、大塩平八郎なる人物が、公儀の窮民対策に業を煮やして大胆にも挙兵したという。

河童頭はさすがに幽的だけあって、古い話はよく知っている。

しかし大塩平八郎の乱は、すぐに鎮められた。

大塩は、潜伏先の本町《ほんまち》の商家で、爆薬を身体に巻きつけて爆死したのだそうだ。

そこが爆弾可楽と似ていると河童頭の前座は言ったた
爆弾可楽は、朝馬とは同門ながら、どこか性根の分からない人物だった。

爆弾可楽がまだ二代目可楽門下にあったとき継いだ『翁家さん馬』は、朝馬も秘かに憧れていた立派な名跡だった。

ところが爆弾可楽は、継いで間もなく『丸葱《まるねぎ》』という羽振りのよい商家の婿に入って、あっさりと噺家を廃業してしまった。

『丸葱』は公儀御用達を承っていた政商だった。

商家の婿に入るといっても、他人前《ひとまえ》で恥をかかないだけの口の利き方や立ち居振る舞いが身についていなければ務まるものではない。

「爆弾の師匠は、榊原鎌三郎《さかきばらけんざぶろう》ってな立派なお名前をお持ちだったからなァ……」

下駄屋の息子の朝馬などとは違い、爆弾可楽は立派な名字を持つお武家の出だった。

お武家の出でありながら噺家になり、今度は商人《あきんど》の婿となった。

爆弾可楽には、どこか世間を斜めに見ているところがあった。

世がどのように変わろうと、決して満足できない拗《す》ね者の臭いがまとわりついていた。

芸も器用で、ひと通りの噺ならなんでも並の噺家以上にこなす。

翁家さん馬の名跡を継ぐに相応《ふさわ》しいその実力は、楽屋うちの誰もが認めていたが、挙げ句の果ての噺家廃業だ。

廃業の知らせを聞いて、朝馬は驚いた。

が、同時に心の片隅では（あの師匠らしいや……）という感慨を抱きもした。

その本人が、再び寄席に戻ってきたときには、さすがに驚天動地の騒ぎとなった。

重鎮や先輩たちの中には公然と「どの面《つら》ァ提《さ》げて戻ってきやがったんでェ」と毒づく向きもあったが、当人は平気の平左だった。

しかも、ただ戻ってきただけではなかった。

今度は、三代目『朝寝坊むらく』の名跡での復帰だった。

初代の『むらく』は、人情噺に長じた名人と言われており、なまなかで継げる名前ではない。

この三代目むらく復帰には、師匠の二代目三笑亭可楽の力があったとされる。身を入れて精進せよとの願いからだったのだろうか。

そして朝寝坊むらくは、ついには大名跡、四代目の三笑亭可楽を襲名するに至る。年号が文久《ぶんきゅう》から元治《げんじ》に代わった年（一八六四）のことだった。

誰もが憧れる三笑亭可楽という大名跡を継ぎながら、当人はさほど嬉しそうでもなかった。器用さと周囲の引き立てとがありながら、世間とまともに向き合おうとしない。得体《えたい》の知れない芸人だった。

若い頃、武家を嫌って落語の世界に飛び込んで噺家となった。

かといって落語の世界にどっぷり浸《つか》るわけでもなく、まるで「もう飽きたヨ」と言わんばかりに噺家を廃業して商家に婿入りした。

再び寄席に戻り襲名した三笑亭可楽の大名跡も、慶応三年（一八六七）には返上してしまった。

挙げ句の果てには、薩長軍が江戸に入ってくると聞くや爆弾騒ぎを起こし、明治の御代に捕縛され佃島で獄死。

もしかしたら、爆弾騒ぎさえ起こさなければ、うらぶれた長屋に引っ込んで、それまでどおり斜めに構えてじっと世の中を見続けていたのかもしれない。

朝馬の目には、可楽のままでいた『爆弾可楽』が暮らす長屋の様子が見えるようだった。

長屋の入口には看板が出ている。

『あくび指南』の看板だ。

5

爆弾可楽には、他人《ひと》からものを言われて返事をするときに、必ず「ケッ」と小声で吐き捨ててから応じる癖があった。

相手に対する蔑《さげす》みや苛立《いらだ》ちからくる舌打ちのようなものだった。

「もちろん、『あくび指南』の隠居は、客の前で舌打ちをするような人じゃねえ。上品で、ごく穏やかな人物なのだが、心の奥底ではいつも世の中を馬鹿にして罵《ののし》っているんだ。でなけりゃ、『あくびを教えましょう』なんてェ、人を食った看板を出して澄ましているはずもねえや」

朝馬は河童頭の前座に教えながら、

「つと、おめえさんにゃ、ここんとこの了見は少しばかり難しいな……子供のまま死んじまったんだからなァ……全体《ぜんてえ》、おめえさんが素直に聞いてくれるんで、おいらもつい調子に乗ってしゃべっちまう。最初は『寿限無』からだったなァ……今までいくつ噺を教《おせ》えたっけ」

「へえ、今度で五つ目で」

幽的《ゆうてき》の河童頭なんぞにおいらの落語が分かってたまるかと思いつつ朝馬は続けた。

(なあに、分からなくたってかまうもんか)


「おお……ささ、どうぞ、お上がりを。

これ、花や、花や。客人のお越しじゃ。何をぐずぐずしておる……。

ははは、なりは大きくとも、まだまだ子供でナ。

いやナニ、拙者……いや手前の娘ではござらぬ。

いずれは当家から嫁に出してやるつもりでナ、手前の身の回りの世話などをさせておるのじゃ。

ホッホッホッ、まあ、ご随意にご想像を……。

お二人とも、お職人とお見受けしましたが」

「そうなんでサ、おいらは大工《でえく》。で、こいつァ植木職人なんだが、ついこないだまで、上方へ行ってやがったン。

で、こいつが『帰《けえ》ってきたら、江戸にもう公方さまがいらっしゃらねえ。しかも江戸じゃなく、東京《トッキョ》だなんて、ワケの分からねえ呼び名になっちまって驚いた』ってェから、『トッキョくれえで驚いてちゃいけねえぜ。この先の長屋にゃ『あくび指南』って、あくびを教《おせ》えるトコまでできたんでえ』と、まあ、こんな具合《ぐええ》で、こいつを引っ張ってきたんでさあ」

「お光《み》っちゃん、お光っちゃんってば。ホラ、隣の先生ンとこに野郎が二《ふた》あ人《り》、入《へえ》ってったヨ。二人とも職人みてえだが、あくびを教わりに行くなんて、間抜けだねェ。おおかた先生の、ホラ、ナニのサ……お妾のお花ちゃんの姿でもどこかで見かけて、鼻の下ァ伸ばして来やがったのかもしれねえナ」

「こりゃ、綺麗な娘さんがお茶まで淹《い》れてくださって、ヘッヘッ、お花サンっておっしゃるンで。ありがとうごぜえます。遠慮なくいただきます。

しかしナンですけどねえ、あくびを教《おせ》えてくださるてえが、あくびなんて、教えたり教わったりするモンじゃねえと思いやすが……」

「いや、そうではない。何事にも、しきたりや作法があるものでナ。

あくびの仕方も、元は茶の湯から来ておるのじゃ。

おまえさん方も、ホレ、江戸の職人ならば、夏の花火の誉め方の一つも心得ておろうが」

「あ、なァるほど、『上《あぁ》った、上《あぁ》った、上《あぁ》ったィ。玉屋《たまや》アアアア……ジュウ』てなやつですね」

「何じゃ、その最後の『ジュウ』は？」

「へえ、花火が水に落ちて消える音でサ」

6

「そちらは、植木屋さんとな。上方へ行っておられた、とか」

「へえ、親父に勧められやして。『おめえもまだ独り身のうちに、他所《よそ》さまの釜の飯ィ食ったほうがいい。上方《むこう》に心安い親方がいるんで、三、四年、修行してこい』と。
三、四年のつもりが、思いがけず長逗留になっちまいました。
一人前《いちにんめえ》の植木職人になるには、茶の湯の心得もなけりゃ話にならねえ。茶の湯っつったら上方だぁ。また京にはあちこちに結構なお庭があるんで、上方じゃずいぶん修行になりやした。

上方の親方はたいそう顔の広い方で、植木だけじゃなく花作りもなさるんで。大坂の東町奉行の久須美《くすみ》さまてえ方が、たいそう蘭の花を育てるンが上手で、お屋敷にも出入りさせていただきやした」

「ホウ……久須美佐渡守《さどのかみ》どのか……懐かしい。『蘭林《らんりん》』という雅号をお持ちじゃったなァ」

「久須美さまをご存じで」

「佐渡守どのは、大坂の町奉行になられる以前《まえ》は、江戸で火付盗賊改《ひつけとうぞくあらため》をなさっておってナ……火盗《かとう》時分に知己《ちき》を……いや、ナニ、昔の話じゃ」

「大坂でまごまごしているうちに、長州者《もん》やら薩摩芋やらが公方さまに楯突きやがって……京大坂にゃ、ワケの分からねえ奴らがずいぶんとウロウロしていやしたゼ。

こいつは剣呑《けんのん》だと思いやして、上方を引き払って帰《けえ》ってきやしたが、魂消《たまげ》やした。江戸にゃ公方さまはいらっしゃらねえ。おまけにもう江戸じゃねえ。東京《とっきょ》だトッキョだなんて抜かしやがって……。

長公やら薩摩芋やらが攻めてきたときにゃ、公方さまは大坂城にお入《へえ》りになったてえが、京の鳥羽だか伏見だかの戦《いくさ》に負けると、いつのまにか江戸に帰《けえ》ってしまわれた、とか……。ねえ、そんなベラボウな話《はなし》ゃァねえでしょ……公方さまが敵を前にして尻尾《しっぽ》ォまいて逃げ出したなんて、ウソでござえましょう」

「我らも目と耳を疑ったがナ……たしかに慶喜《けいき》さんは、大坂から真ッ先に逃げ帰ってきたヨ」

公方さまが、大政を京の賢きところにお返しするとお決めになったとき、居並ぶ大名旗本の中で反対した人物は、勘定奉行や軍艦奉行を歴任された小栗上野介《おぐりこうずけのすけ》さま、ただ一人だったと聞く。

小栗さまは、座を立とうとする公方さまの大紋《だいもん》の袖をつかんで押しとどめた。公方さまは、小栗さまがつかんで離さない袖を振り払って立ち上がられたそうだ。

落語には『たがや』などお武家を笑いものにする噺もあるが、朝馬自身はお侍へことさらな反感を抱いたことはなかった。

反感どころか、武士に生まれたばっかりに公方さまのもと窮屈な決まり事に縛られた毎日を送らなければならない人たちだと思うと、むしろ気の毒さが先に立ちもした。

朝馬の若い頃、江戸が東京に変わる以前《まえ》には、いわゆる諸色高値《しょしきこうじき》、つまり物価高が何年も続いた。

朝馬も頼りない御政道を恨みはしたものの、お侍にはぼんやりとした畏敬の念を常に抱いていた。

それが御一新以後、お侍を馬鹿にする噺が受けるようになった。

茶屋に常連顔をして通ってくる薩摩芋の士族の並はずれた野暮天ぶりを聞かせる『棒鱈《ぼうだら》』

という噺がある。

東京の客たちが嘲り笑う相手は、江戸に殉じて姿を消したお侍たちではない。

トッキョなどという、舌を噛みそうな名に変わった町に乗り込んできた田舎侍たちだ。

江戸でなくなった町で生きていかなければならない者たちは、晴れない気持ちを寄席で笑い飛ばすしかなかった。

(では、おいらは……)

と朝馬は自問した。

河童頭の前座がいつものニコニコ顔で朝馬をまともに見つめている。

「おいらァ、円朝の奴から逃げてきたんだヨ……」

朝馬は河童頭に向かって白状した。

河童頭の前座は黙ったまま表情を変えずに朝馬の顔を眺めている。

今、東京の寄席を破竹の勢いで席巻している三遊亭円朝は、古臭い大仰《おおぎょう》な芝居噺を捨て去った。

落語を扇子と手拭いだけを使う舌先三寸の芸に磨き上げて、新しい時代を到来させた。

円朝の活躍を横目に、朝馬は必死に足掻《あが》いていた。

円朝と同様、笑いを主眼としない素噺を手がけもしてみた。

だが、いけない。

悔しまぎれに円朝の昔の女を吉原で探し出し、さんざんに慰《なぐさ》んでもみたが無駄な抵抗だった。

(奴には、とうてい敵《かな》わねえ……)

朝馬が白旗を上げた相手は、円朝という一人の噺家ばかりではない。

朝馬が生まれ育った『江戸』という小さな花を蹂躙した後にできつつある『東京』という町そのものだった。

「おいらは、東京《トッキョ》から逃げてきたんだヨォ……」

河童頭の前座は、今度はわずかにコクリと頭を下げたように見えた。

「ついでに、この世からもオサラバ、か……」

口をついて出た思いもよらない「オサラバ」という言葉に朝馬は驚いた。

微かに漂っていた香の匂いが強くなったような気がする。

「ナンマンダア、ナンマンダア……」

ぼそぼそと念仏も聞こえてくる。

隠居の声のようだ。

続いて別な声も聞こえる。

「江戸の師匠も、こんな姿にならはって……なァ……」
万年中座の竹之助の声のようだが、いやに神妙だ。
そのとき突然、河童頭の前座がケラケラと声を上げて笑い出した。
ところどころ歯の抜けた大口を開けて笑い続ける河童頭は、いかにも嬉しそうだ。
河童頭はおもむろに手を伸ばし朝馬の手を取った。
朝馬の身体が河童頭の前座と一緒にすうっと宙に浮かび上がった。

7

「お光《み》っちゃん、ご覧よ。
お花坊が来るよ。
今年で十七ってかい、いい女っぷりになったねえ。
ぴかぴかして眩しいくらいだよ。
さぞかし毎晩、先生に磨かれて、サ……。
フフッ、イヤだよ、お光っちゃん。変な声を出しちゃ……。

お花ちゃん、お花ちゃんってばサア。

先生ン処《とこ》に、また新しいお弟子が来たのかい。

あくびを教わりに……。

へえ……酔狂な野郎どもだ。

職人かい。ふうん……大工《でえく》と植木屋……。

御一新以来《このかた》、手間賃《てま》も跳ね上がったってえから、ずいぶん懐は暖《あった》けえンだろうねェ……。

つい先だっても、誰かが先生ン処《とこ》訪ねてきたじゃねえか。

ご立派な身なりの人《しと》で、難しい顔をして長《なげ》えこと話していなさったヨ。

いやナニ、盗み聞きをするつもりはなかったんだが、味噌を買いに行った帰りに通りがかったらサア、声が聞こえたン。

先生は『拙者には、仕官をしようなどという気は毛頭ござらぬ』ってサ、のっけからポォンッと取りつくしまもなかったねェ。

『拙者は、勝《かつ》、榎本《えのもと》、大鳥《おおとり》などの輩《やから》とは別でござる』ってサ。

客が困って『山縣《やまがた》さまも、武士同士なればお気持ちは重々承知だが、そこを曲げてと仰《おお》せで……』と言いかけたら、先生、怒《おこ》ったヨ。

『ナニィ、山縣など毛利《もうり》の行列の槍持ち奴《やっこ》風情《ふぜい》が、武士同士とは、笑止千万極まるわ』ってサ。

さすがお江戸の殿さまだね。
お武家に似合わぬ啖呵《たんか》で、あたしゃ胸がスッとしたヨ。
でもサ……意地も、てえげえにしときゃいいのに……。
世の中にゃ流れってモンがあらあ。
ねえ……お花ちゃん」

『爆弾可楽』こと三笑亭可楽は、御一新直前の慶応三年（一八六七）に可楽の名跡を返上した。その直後に、会津の遺臣と謀《はか》って東京市中に爆弾を仕掛けようとしたが、発覚。逃げ回っていたところを捕まり、佃島《つくだじま》に送られた。

今から三年ほど前、明治二年（一八六九）の秋に獄死したという。

縛につくまで首尾よく逃げ回っていたものの、浅草弁天山の火事をのこのこと見物に出かけたところを邏卒《らそつ》に見咎《みとが》められたというから、いかにも可楽らしい。

その火事を朝馬は浅草寺の宝蔵門のあたりで見物していた。

見物のあと、当時住んでいた田端《たばた》の長屋に帰って寝ていると、夜中に戸を破らんばかりに叩く者がいた。

驚いて開けると、漆《うるし》を溶かしたような暗闇の中に、頬被《ほっかむ》りをした男が立っていた。

夜ともなれば、漏れる灯りもない貧乏長屋だ。

今から思えば、戸の前に立った男の姿を克明に覚えているなどということはありえない。

三日月ほどの月明かりなのに、男の姿はいやにはっきりと闇に浮かび上がっていた。

身体から燐光《りんこう》が放たれているかのようだった。

着物の縞目は汚れきっていて見分けがつかない。

男は、俯《うつむ》いた頬被りの隙間から目を上げて朝馬を窺った。

「あ、兄《あに》サン……可楽の兄サン」

頬被りのあいだから覗いた可楽の目は、ギラギラと輝いていた。

短刀の白刃の光を撥《は》ね返したようだ。

おまけに白目の部分は、血を噴き出しているように見えた。

まるで酸漿《ほおずき》のように真っ赤だ。

二つの赤く光る目玉がクワッと朝馬を射抜いた。

「朝《ちょう》の字よ、すまねえ」

可楽の声は口から発せられているとは思えなかった。

どこか深い、地の底から湧き上ってくるような声だった。

「すまねえが、しばらく匿《かくま》っちゃくンねえか」

朝馬の膝がガクガクと震え始めた。

歯の根も合わない。

それは、お上《かみ》に追われている者を目の前にした恐怖からではなかった。

もはや、この世のものではない何者かと向き合った恐怖からだった。

朝馬は戸にしがみついた。

長屋の薄い戸がカタカタと鳴った。

「いけません……可楽の兄サン……いけません」

可楽は頬被りの隙間からもう一度目を上げた。

真っ赤に熟れた目からは、今にも血の涙が流れ落ちてきそうだった。

「そうかい……じゃ、金公ン処《とこ》でも行ってみるか……」

朝馬の長屋の近くには、かつて可楽の弟子だった立川金馬《たてかわきんば》が住んでいる。

身を翻《ひるがえ》したかと思うや、可楽の姿はかき消えるように闇に溶けていった。

「生まれてこの方、あれほど恐ろしい思いをしたことはなかったヨ……」

今、朝馬は河童頭の前座に手を握られて、すいすいと宙を舞い上がっている。

あたりの風景はいやに明るい。

河童頭の目は、あの晩に見た可楽の目と同様、血を噴き出さんばかりに赤く光っている。

宙をどこまで舞い上がっていくのか見当もつかない。

8

「お光《み》っちゃん、あくびの稽古とやらが始まったようだヨ。

ちょいと覗いてみようじゃねえか……いいや、かまうこたァねえよ。

ヘッ、大《でえ》の男が三人、神妙な顔ォしやがって、何の呪《まじね》えだか、煙管《きせる》を胸ン処《とこ》でユラユラ、ブルブル震わせながら持ってるよ。

アッハッハッ、間抜けな姿だねェ……」


「アッ、いやいや、そうではない。

そんなに煙管を揺らしてはならぬぞ。

これっ、煙管をくるくる回すでないワ。

最初は『船遊びに飽きて、思わず口をついて出るあくび』じゃ。

船の上で煙草を一服、こう喫《す》ってナ。

煙管を口から離して、胸のあたりまで持っていく……。

船の揺れに合わせて煙管も微《かす》かに揺れている、という塩梅《あんばい》じゃよ」

「そう言われたって、こちとら職人だァ……洒落《しゃれ》た船遊びなんて、トンと縁がねえから分かんねえや」

「煙管をこう、胸のあたりで。煙管自体の重みで、ユラユラと揺れる阿吽《あうん》の呼吸じゃ」

「こうですかい……お借りした煙管……銀ムクだね。雁首の細工《せえく》も惚れ惚れする出来映えじゃねえかァ」

「ああ……京の職人でナ……《景清《かげきよ》の定次郎《さだじろう》》という名人の作じゃ。

なんでも、いったん目が見えなくなったものの、清水寺の観音さまのご利益で再び目が開いた、という御仁でナ。

平家の武将、悪七兵衛景清《あくしちびょうえかげきよ》が清水の観音さまに奉納した目玉を借りて見えるようになったという言い伝えじゃや。

京へは、御一新の直前に御用で参っておった。

ああ……芹沢《せりざわ》、近藤《こんどう》、土方《ひじかた》とか申す土豪《どごう》の剣術遣《けんじゅつつか》いどもが『武士でござる』と言ってのさばっておったが。

うむ、内密の御用でナ……。

禁門の戦《いくさ》で、長州が負けた一部始終を見届けて江戸に戻ったのじゃが……ハハ、昔の話、昔の話じゃ。

では、やってみようかの。

『おい、船頭さん、船を上手《うわて》のほうへやっておくれ。

これから上がって一杯やって、夜には吉原《なか》へ行って新造《しんぞ》でも買って遊ぼうか。

船もいいが、こうして一日中ずうっと乗っていると、退屈で……退屈で……アァアァア……

ならない……』と」

「ひぇえ、難しいモンですね。

あくびを習うてェから、あっしはまた、一列にでもなって、ロィ開けて『アア～ッ』てな具合にやるんだとばっかり思ってましたヨ。こりゃ弱ったね、ヘッ。ああ、さっき教わったとおりに右手で煙管をこう持って、ねえ……揺らすンですかい。なるほど、船に乗って揺れているってわけで……。ヘッ、理詰めだね、全《まった》く……。『おいおい、船頭』」

「『おい』は一度でよろしい。それに船遊びをしようという、ごく上品な客じゃからな。『船頭』なんて呼び捨てはいけない。

『おい、船頭さん』と、こう、柔らかくナ」

「ふえぇい……面倒なモンですねえ。

ああ、煙管が揺れるンでしたね。

こうですかい？　揺らしすぎ？……へえへえ……。

『おい、船頭、サン』っと。『船を上手のほうへやっておくんねえ』……いや、『やっておくれ』っと。『船もいいけど、一ン日《ち》ずっと乗ってると、退屈で退屈でならねえ』っと。

面白くも何ともねえや、全《まった》く……『アア～ッ』っと」

「何じゃ、それではまったく形になっておらぬではないか。しょうのない男じゃな……。

気持ちのいい春の一日じゃ……船で大川へ乗り出したのじゃよ」

「だから、こちとらァ、舟遊びなんぞにはトンと縁がねえンですってば……」

「大川から海へ出るぞ。

ナニ、あまり沖へは出ぬ。

海から江戸の町が、ホレ、一望じゃ……値千金《あたいせんきん》の眺めじゃぞ」

「おいおい……あくびの先生、ちょいとおかしかねえかい」

「おお、ホレ、千代田のお城の左上には、富士がくっきりと姿を見せているではないか。

ぼおおおん……と右から聞こえる鐘は、上野のお山の寛永寺。江戸鎮護《ちんご》のお寺じゃ。

上野のお寺と富士のお山に抱かれた江戸の町は、千代万歳《ちよばんぜい》に至るまで変わらざること間違いなしじゃ。

めでたい、いや、実にめでたい。

ほほぉ……また鐘の音が聞こえてくるゾ。

今度は左からじゃ。芝の増上寺《ぞうじょうじ》じゃな。

芝の鐘は金《きん》が入っておるから、音《ね》が少し高いのじゃ。

いや、金だけに値《ね》が高い……。

『値《あたい》が高い』の洒落じゃよ。分からぬか、アハ、アハハハハ……」

「大変《てえへん》だヨ。あくびの先生、壊れちまったァ……」


「何だねえ、お光《み》っちゃん。

何が嬉しいのか楽しいのかねえ。煙管ゥ揺らして、ぶつぶつとナンとかカンとか言ってやがるン。

おめえらは、そんなに退屈なのかよォ……ってんだ。

こうして見ているあたしらの身にもなってみやがれッてんだ。

退屈で退屈で……フアアアアアアッ……ならねえ」

見物のほうが器用なようで。

窮屈だなァ……窮屈でたまンねえや……。
樽《たる》みてえな狭《せめ》えモンに入れられちまってるよ。
底にべったりと尻《しり》ィつけて、膝を抱えさせられてサ……。
上から誰か覗き込んでやがる……ああ、なんだ、隠居、隠居じゃねえか。
いやに神妙な顔しちまって、どうなすったんだい。
ナンマンダブ、ナンマンダブなんて、よしとくれよ。
線香が煙《けぶ》くって、かなわねえ……。
え？
蓋ァされちまったァ！
ナニナニ、隠居の声だよ。
「では、竹之助と前座たちが交代で前後ろを担いで、千日前までナ」
おおっと……樽が宙に浮いたよ……。
ユラユラと揺れて、気持ちィ悪《わり》いや……。

「葬礼《そうれん》だア、葬礼だァ」て唄ってやがる……竹之助の声だ。
隠居から叱られてやがン……相変わらず馬鹿だねェ……。
そうか。
おいらは死んだのか。
いいいいいいいいいいいいいい
千日前の火屋《ひや》に運ばれるんだな。
運んでもらえて楽でいいや。
ああ……大阪くんだりまで来て、死んじまうたぁ、思ってもいなかったなァ……。
江戸に帰りてえ。
そうか、江戸は、もうねえんだ……。
トッキョとかいうドジな名前《なめえ》になっちまったからな。
それにあすこにゃ……あいつがいる。
もう戻れねえ……。
おう、おめえは？
え、円朝……円朝じゃねえか。
立派な羽織ィ、着込みやがって。
てヘッ、久しぶりに会うと、なんだか照れるね……。

見送りに来てくれたのかい？
そうかそうか、ありがとよ。
おいらもおめえも、子供ン時分《とき》からずいぶんと寄席の修行をしたっけなァ。
楽しかったなァ……。
お互《たげ》え夢中だったなァ。
……うん、そうだ。
千日前には火屋があるんだ。日本一の火屋といってナ。
そうだよ、おいらぁ火屋で焼かれるんだ。
おいらは、もうじき焼かれる……。
……円朝ッ、てめえの魂胆《こんたん》、読めたぞ。
焼かれる前《めえ》の人の心持ちを知りてえってんだろ？
冗談じゃねえ、てめえの芸のこやしにされてたまるかァ！
おおい、助けてくれえ……樽ゥ、降ろしてくれぇ。
おいら、焼かれたかねえ……円朝《こいつ》の芸のこやしになんぞなってたまるかァ。
隠居、竹の字、おいらの声が聞こえねえのか？
ああ、おめえか……河童頭の前座が笑ってやがる。

へらへらと嬉しそうに笑いながら手招きしてやがる。
手招きなんぞ、よしとくれよぉ……。
おいらの下駄がフワフワと飛んでやがン……。
円朝の名前《なめえ》を踏ンづけて歩いていた下駄だ。
あっちへ行きやがれ、円朝の名前なんぞ、見たかねえ。
おいらア、焼かれたかねえ……焼かれたかねえよお！
誰も分かっちゃくれねえのか。
江戸に帰《けえ》りてえ……。
おいらぁ、死にたかねえんだヨお……。

了

著者／近藤五郎（こんどう・ごろう）

1961 年静岡県焼津市生まれ。

早稲田大学を卒業後、関西のテレビ局に入社。

能、文楽、歌舞伎やクラシック音楽など《古典的なもの》が好き。落語は 10 代から、もっぱらレコードやテープなどの音源で鑑賞。最初にカセットテープで聞いた落語は先代金原亭馬の助『棒鱈』と「落語をやらせていただきます」の先代春風亭柳好『お見立て』。また後に人間国宝になった桂米朝の『替り目』もカセットで繰り返し聞いたが、人力車の設定がタクシーだったため、『替り目』は創作落語だと思いこんでいた。

富士見時代小説大賞優秀賞を受賞し『なにわ万華鏡　堂島商人控え書』（富士見新時代小説文庫）で作家デビュー。以後、主な著書に『黄金の剣士　島原異聞』（白泉社招き猫文庫）、『剣客将軍　徳川家重』シリーズ（コスミック時代文庫）など

黒《くろ》落《らく》語《ご》

発行　二〇一八年二月一五日　初版第1刷

著者　近藤　五郎

発行人　伊藤　太文

発行元　株式会社　叢文社
〒112-0014
東京都文京区関口一―四七―一二江戸川橋ビル
電話　〇三（三五一三）五二八五
FAX　〇三（三五一三）五二八六

印刷　モリモト印刷

定価はカバーに表示してあります。
乱丁・落丁についてはお取り替えいたします。

ISBN978-4-7947-0779-6

好評既刊

それ、時代ものにはNGです

若桜木　虔

鳴神響一氏解説――本書の後半「江戸の吉原NG」は、読みながらうなり声を上げげっ放しだった。このジャンルでは他書に類を見ないレベルだと断言してもいい――

その単語が落選の原因かもしれません。時代小説を書くなら単語選びは基本です。

好評既刊

日本武術達人列伝

剣豪・柔豪・昭和の武人

長野　峻也

「武道家とは狡猾に、非情に、冷徹に、超然と孤高を保っていられる人間なのである。無論、このような人間はまともではない。ある意味、狂っている。だがしかし、その正常と異常の間を自在に往還できるからこそ達人であり、達人なればこそ、実に魅力的な得難いキャラクターなのである」まえがきより
作者注「洒落の解る人だけ読んでください」

2018年3月発売

幸徳秋水の狐落とし
――万朝報怪異譚

笹木　一加

明治維新から二十年、職もなく毎日を怠惰に生きる落ちぶれ士族の中年、御代田遼次は、萬（よろず）朝報（ちょうほう）社が募集していた記者見習いに応募する。或る夜、遼次が浅草十二階の淫窟でお楽しみの最中、朝報社記者幸徳秋水が迎えにやって来る。遼次よりずっと年若い秋水は、遼次に助手となって一緒に相馬事件を追うように迫る。

生放送60時間――
キボウノヒカリ誘拐事件

矢吹　哲也

史上最弱馬ながら、今や国民的アイドルともなったキボウノヒカリ。廃止の危機に晒されている栃木競馬の救世主でもあるが、連敗記録達成の二日前に誘拐されてしまう。同馬を取材中であったテレビ東都の榊原真由ディレクターが六十時間ブチ抜きの報道特番で事件を追う。